I0687312

Christopher Ocean

Die Finstere Stunde

Kurzgeschichten

© 2023 Jen Lesko
Coverdesign: Jen Lesko
Covergrafik: Adobe/Canva
Illustrationen Innenteil: Jen Lesko

ISBN Softcover: 979-8-9891039-5-9

Der Liebe gewidmet,
denn sie ist alles für mich.

Inhaltsverzeichnis

Italian Bombs
Der letzte Duft

Das Kinderrad balancierte lediglich auf seinem silbernen Unterrohr.

Wie das physikalisch möglich war, konnten die vier unten stehenden Beobachter nicht begreifen. Zugegeben, bei dem kleinen Gefährt war die Verbindungsstange deutlich dicker und breiter, aber sehr lange konnten die beiden Jungs sich bestimmt nicht mehr darauf halten. Es war den Männern aber irgendwie auch egal. Dies hier war lediglich eine bedeutungslose Ablenkung und würde nicht einmal in ihrem Bericht auftauchen.

"Komm schon, erledige sie, dann können wir weiter."

"Warum hast du es denn so verdammt eilig? Das ist doch lustig."

Er bekam von Mario nur ein gelangweiltes Murren als Antwort, während sein Kumpel hinter ihm laut lachte.

"Signore Mario fände es bestimmt lustiger, wenn er jemanden flachlegen könnte."

Mario aber ging nur mit unveränderter Gleichgültigkeit dazu über, sich eine Nationali anzustecken und seine Kameraden weiter zu ignorieren. Er nahm genüsslich einen Lungenzug und lehnte sich dabei auf sein Gewehr.

Die beiden Jungs verstanden kein einziges Wort dieser Unterhaltung, denn die Männer unterhielten sich in einer für sie fremden Sprache. Es war eine, die viel melodischer klang als ihre Eigene. Sie hätten sich sicher zu verständigen versucht, wenn die Situation eine andere gewesen wäre. Wäre die Situation nämlich eine andere gewesen, hätten sie probiert, ein paar Brocken aufzuschnappen. Ihre Klassenlehrerin Frau Kessler hätte ihnen dann bestimmt sagen können, zu welchem Land die Vokabeln gehörten. Die anderen Schüler hätten an ihren Lippen gehangen und sie um die Begegnung beneidet. Fremde Soldaten! Was für ein Abenteuer, und Frau Kessler hätte ein Lob in ihr Heft geschrieben, wäre die Situation eine andere gewesen.

Erich beobachtete einen der Männer, wie er mit seinem Gewehrlauf in einer verlassenen Einkaufstasche auf dem Boden herumstocherte, sah aber schnell wieder weg. Neugierig wie er war, fürchtete er sich gleichzeitig vor jeglichem Blickkontakt mit Fremden. Er klammerte sich an seinen Bruder und konzentrierte sich wieder darauf, völlig still zu sitzen. Zusätzlich kniff er seine Augen zu, denn er konnte die Bedrohung spüren, die von den Männern ausging. Vielleicht würde das Gefühl weggehen, wenn er sie nicht sehen konnte.

Friedrich dagegen starrte nur auf seine Hände. Vorhin, als der Zement einfach unter ihnen weggebrochen war, hatte er bereits gedacht, er würde fallen und sterben. So sterben, wie seine Oma letzten Winter. Augen zu und für immer schlafen. Mutter hatte ihm gesagt, Oma wäre jetzt im Himmel. Das waren eigentlich keine schlechten Aussichten, dachte er, aber er hatte große Angst vor den Schmerzen. Herunterfallen tat immer weh, mal mehr, mal weniger. Der Abgrund vor ihm versprach allerdings besonders fiese Verletzungen.

Es wäre viel leichter, das Gleichgewicht zu halten, säße nicht sein kleiner Bruder auf dem Gepäckträger, aber er hatte so sehr gebettelt, mitkommen zu dürfen, und jetzt saßen sie gemeinsam in der Klemme. Eigentlich wollte er "Scheiße" denken, aber Mutter hatte ihm verboten, das Wort zu benutzen. Ihre Vorschriften waren ihm heilig. In seinem Alter war das noch so. Vor langer Zeit hatte er das böse Wort einmal benutzt. Eine wahrhaft bittere Erfahrung. Der Geschmack der Kernseife war ihm noch sehr deutlich in Erinnerung. Friedrich verzog ein klein wenig sein Gesicht, als er daran dachte.

Die Erschütterung vorhin war heftig gewesen. Dadurch hatte es viel Staub und herumfliegende Teilchen gegeben, die Friedrichs Arm getroffen hatten. Am Ärmel war etwas Blut, aber nicht sehr viel. Weh tat es nicht, also konnte es nicht besonders schlimm sein. Er hoffte, seine Mutter würde nicht schimpfen. Es war ja nicht seine Schuld. Sie hatten in diesem verlassenen

Haus nur gespielt, um verschiedene Tricks mit dem Rad auszuprobieren und sein Vater sagte immer wieder, man konnte nur besser werden, wenn man übte. Alte Möbel waren perfekt für so etwas. Dann hatte es den ohrenbetäubenden Donnerschlag gegeben und sie hatten festgesessen. Es hatte eine ganze Weile gedauert, bis die Staubwolke sich gelegt hatte.

Unter ihnen befand sich nun das Chaos, das die Sprengladung von dem Gebäude übrig gelassen hatte. Erich hatte die gesamte Zeit gewimmert, obwohl sein großer Bruder sich redlich bemüht hatte, ihn zu beruhigen. Vor dem großen Knall hatten sie sich in einem Raum im ersten Obergeschoss aufgehalten, dessen Decke jetzt allerdings etwas schief auf dem entblößten Fundament hing. Friedrich konnte es immer noch nicht glauben, dass das Dach einfach so weggerutscht war. Das alte Haus war ursprünglich für den Abriss bestimmt gewesen, nun war es seinem Schicksal allerdings um ein ganzes Stück näher. Sogar das Holzschild mit der Ankündigung zum Abriss war unter den Trümmern begraben.

Die Geschicklichkeitsübungen standen nun ihrer größten Herausforderung gegenüber. Friedrich hatte anfangs gehofft, durch einen guten Anlauf wohlbehalten unten anzukommen. Er hatte schon oft solche Sprünge mit seinem Rad vollführt, aber mit Erich hinten auf dem Gepäckträger war das reine

Fantasie. Der Plan war ohnehin nicht mehr durchführbar, weil ein großer Teil des Bodens weggebrochen war, als er gerade an dessen Rand die Distanz zum Boden begutachtet hatte. Glücklicherweise war der Kleine in diesem Augenblick mit ihm zusammen auf dem Rad gesessen, sonst wäre er bereits eine Etage tiefer, und das war die gute Nachricht. Die schlechte war, dass sie nun wenig mehr als einen Quadratmeter Platz hatten. Manövrieren war unmöglich. Zudem waren jetzt diese Männer dort unten und warteten auf sie. Entweder das oder sie fanden die Situation der Jungs unterhaltsam und würden weitergehen, wenn sie sich sattgesehen hatten. Die erste Alternative machte Friedrich weniger Angst, als die Tatsache, dass seine Füße zwar den Boden berührten, aber nicht die von Erich. Das Gewicht seines Bruders machte das Balancieren sehr viel schwieriger und das Rad zog dadurch die ganze Zeit zur Seite.

"Wollen die Rotznasen dort oben übernachten?" Einer der Männer hob sein Gewehr und zielte unpräzise in Richtung der wackligen Szene, ohne ernsthaft schießen zu wollen. Die Männer sahen, wie einer der Jungs die Waffe mit geweiteten Augen beobachtete, und ergötzen sich an dessen ängstlichem Gesichtsausdruck.

"Macht schon, ihr kleinen Arschlöcher! Kommt da runter!" Marios Geduld neigte sich dem Ende zu und seine Stimme vibrierte mit einem bedrohlichen

Unterton. Er wusste wohl, dass die beiden Kinder ihn eventuell nicht verstehen konnten, aber einige Dinge musste man nicht übersetzen, der Ton machte die Musik. Er bückte sich nach einem handgroßen Stück Zement und wiegte es sekundenlang in seiner Hand. In der Ferne gab es eine Detonation, die er als zusätzlichen Ansporn sah. Er liebte den Klang der Explosionen fast genauso sehr wie den Duft von verbranntem Schießpulver. Der Stein hüpfte einmal in seiner massigen Hand auf und ab und flog dann mit Schwung in Richtung Rad. Er traf sein Ziel nicht, aber es brachte das erhoffte Resultat.

Erich, der seine Augen indes wieder geöffnet hatte, sah das Geschoss in seine Richtung fliegen und klammerte sich instinktiv fester an seinen Bruder. Der unerwartete Schubs nach vorne zerstörte mit sofortiger Wirkung Friedrichs ohnehin am seidenen Faden hängendes Gleichgewicht und das Rad begann unaufhaltsam nach vorne zu kippen. Das bisher gehorsame Unterrohr schrammte widerwillig am scharfkantigen Zement entlang und dann war es sekundenlang still.

Die fünf Soldaten traten gleichzeitig, wie auf ein unhörbares Kommando, einen Schritt zurück. Sie sahen zu, wie das Paket aus Kindern und Fahrrad mit einem dumpfen Aufschlag und gewickelt wie ein Präsent, direkt vor ihnen landete.

Im ersten Moment rührte sich nichts, dann folgte der Schrei. Es war Friedrich, der anfing, wie am Spieß zu brüllen. Er war auf seinen Arm gefallen, der gleich angefangen hatte, mit heißen Stichen zu pulsieren. Sein Bruder hatte ihn unfreiwillig als Puffer benutzt und das zusätzliche Gewicht hatte den Knochenbruch unvermeidbar gemacht. Erich selbst heulte auch, wenn auch nur vor Schreck und weil Friedrich schrie.

Das war nicht gut. Sein Bruder war doch der, der ihn beschützen musste, er war zu klein, um das alleine zu tun. Erich hörte durch sein Schluchzen hindurch die Männer lachen, während sein Bruder weiter aus vollem Hals brüllte.

Aus dem Norden konnte man Schüsse hören. Der feindliche Einmarsch kam auch durch unbewohnte Vororte. Hin und wieder trafen die Soldaten auf Hausbesetzer oder ähnliche Gestalten, die umstandslos aus dem Weg geräumt wurden.

Die lauten Geräusche machten Erich Angst. Er sah, wie der dunkelhaarige Mann auf ihn zukam und dann wurde es warm. Er hatte sich in die Hose gemacht.

Mario ging auf das heulende Knäuel zu und drückte seinen Stiefel hinein. Er schob den kleineren Jungen ohne jeglichen Kraftaufwand von dem anderen weg. Mit einem zusätzlichen Tritt rollte dieser sogar ein kleines Stück weiter. Der andere drakonische Kerl stand währenddessen über den älteren Jungen gebeugt und blaffte ihn an.

"Hör auf zu flennen und benimm dich wie ein Mann!"

Friedrich hätte nicht einmal auf ihn gehört, wenn er ihn verstanden hätte, dafür waren die Schmerzen zu groß. Der Mann brüllte weitere Beschimpfungen und trat ein paar Mal brutal gegen das Fahrrad. Zwischendurch wieherte er vor Lachen. Das Vorderrad bog sich unnatürlich vom Rahmen weg, bis es aus der Verankerung sprang.

Erich hatte aufgehört, zu weinen, obwohl er allen Grund dazu hatte. Er beobachtete die Szene mit erstarrtem Grauen. Der Mann zerstörte Friedrichs ein und alles. Gemessen an der realen Bedrohung stellte es in dieser Situation eine Belanglosigkeit dar, aber er war trotzdem aufgewühlt. Ein Fahrradgeschäft hätte es problemlos wieder repariert, aber das wusste Erich nicht, dafür war er zu jung. Er sah nur den unförmigen Reifen, wie der auf dem dreckigen Boden seine letzten Schwingungen vollführte und es zerriss ihm sein kleines Herz. Sein Bruder liebte dieses Rad über alles und er hatte Friedrich lieb, ganz doll.

Der Tritt vorhin hatte weh getan, ganz arg, aber Erich rappelte sich auf. Er wollte seinen Bruder retten. Keiner sah ihn an. Keiner würde ihn kommen sehen, jedenfalls nicht sofort. Er musste seinem Bruder einfach helfen, damit er nicht mehr weinte.

In einiger Ferne bereiteten sich die Piloten einer CANT Z.1007 Alcione, auch Eisvogel genannt, darauf vor, Bomben auf strategisch wichtige Stellen fallen zu lassen. Die Detonationen würden erschreckend weit hörbar sein. Das Wesen der Dinge gebot die tödliche Natur, gleichzeitig aber war es bedauernswert, dass keiner der unglücklichen Empfänger den kunstvoll verzierten Stahl wertschätzen können würde. Die Jungs auf dem Stützpunkt hatten die grün getünchten Bomben vor dem Abflug noch kunstvoll mit Weiß und Rot bepinselt. Eine wahrlich patriotische Eingebung.

In luftiger Höhe betätigten die Piloten die Mechanismen und sahen ihren dicken Babys mit einem gewissen Stolz hinterher, während ihre Flugzeuge mit jedem weiteren Abwurf leichter wurden.

Eine knappe Viertelstunde vor der ersten Detonation setzte sich eine Frau an ihren Schminktisch. Dieses tägliche Ritual rundete fast jeden ihrer Nachmittage ab. Ihr geliebter Ehegatte würde bald von der Arbeit kommen und sie wollte für ihn hübsch sein. Die Hausarbeit war erledigt, das Essen gekocht, es musste nur serviert werden.

Eine Weile betrachtete sie sich im Spiegel und fuhr mit ihren Fingern die Konturen ihrer eleganten Gesichtszüge nach. Ein wenig Wimperntusche und bisschen Lippenstift, mehr war nicht nötig. Ihre Haut war makellos und ohne Falten. Ihr Mann nannte sie seinen Porzellanengel. Sie liebte diesen Kosenamen.

Ihr Spiegelbild lächelte glücklich und sie begann, die Kosmetika aus den Schubladen vor sich zu nehmen. Karl hatte ihr diesen stilvollen Schminktisch zur Verlobung geschenkt und seither noch vieles mehr. Seit dem Tag, an dem sie sich kennen und lieben gelernt hatten, hatte es ihr nie an etwas gemangelt, weder äußerlich noch innerlich. Ihre grünen Augen waren voller Glanz, als die schwarze Tusche ihre Wimpern benetzte und sie noch voller machte.

Sie nahm sich Zeit. Alles, das Sofia tat, tat sie mit Sorgfalt. Es war beinahe ein Zwang, aber es half ihr, im Beisein anderer die Beherrschung zu bewahren. Besonders, wenn die Freunde ihres Mannes das Paar mit missbilligenden Blicken bewarfen. Meist geschah das, wenn er ihr gerade voller Liebe in die Augen sah oder ihre Hand nahm. Schon komisch, dass er diese Leute Freunde nannte, verkannte er sie doch so sehr. Sofia bekam vieles mit, ohne dass sie ihrem Mann davon erzählte. Seine Freunde mochten ihm gegenüber nette Menschen sein, aber sie merkte nichts davon. Karls Familie duldete sie inzwischen, aber von

Akzeptanz waren auch sie noch weit entfernt. Sie war trotzdem glücklich, denn das eine Herz, das ihr wichtig war, gab ihr seine ganze Liebe.

Die zierliche Latina erhob sich und trat ans Fenster. Der Verkehr auf der Straße war noch spärlich. Sie hielt Ausschau nach seinem Wagen, aber es war noch etwas zu früh. Karl war immer sehr pünktlich. Sie zupfte gedankenverloren die Gardine zurecht und dachte daran, wie sie nach dem Abendessen zusammen auf der Couch sitzen würden, eng beieinander, um noch die letzten Nachrichten zu sehen. Wie sie später im Bett noch ein wenig lesen, dann aber das Licht ausmachen würden und wie er sie im Dunkeln mit Küssen übersäen würde. Morgen war ein Feiertag und Karl musste nicht zur Arbeit, also würden es viele Küsse sein. Küsse, die zu mehr führen würden. Küsse, die sie liebte.

Sie würden ausschlafen. Üblicherweise stand sie früh auf, um Karl sein Mittagsbrot zu richten, und meist war sie danach zu munter, um sich noch einmal hinzulegen, aber morgen musste sie an nichts dergleichen denken. An solchen Tagen machte Karl das Frühstück.

Sie drehte sich vom Fenster weg und trat an die Kommode. Der Flakon, der darauf stand, war ihr Lieblingsduft. Ein weiteres Geschenk von ihrem Mann. Sie benetzte zuerst ihren Hals mit einem Tupfer an jeder Seite und führte den duftenden Glasstab dann noch ein paar Zentimeter tiefer. Sie kam sich ein wenig verrucht vor, als sie sich vorstellte, wie sein Mund heute Nacht denselben Weg nehmen würde, und ein tiefer Seufzer entfuhr ihren Lippen.

Sofia schloss sorgsam die Schlafzimmertür hinter sich und wollte schon den Tisch decken, als sie die Motorengeräusche vernahm. Lauter als die vorbeifahrenden Wagen auf der Straße, allerdings von weiter weg. Am Fenster ging ihr Blick hinauf zum Himmel, wo sie den bedrohlichen Ursprung sah. Fast im gleichen Moment heulten die Sirenen auf. Der Ton klang böse, fast vulgär. Er ging ihr durch und durch.

Die Warnung kam zu spät, auch wenn das Haus einen Keller gehabt hätte. Es war einfach zu spät. Sie waren schon fast über der Stadt. Sofia erstarrte, denn sie nahm ein leichtes Surren wahr, das schnell zu einem kalten Knistern anschwoll. Es war, als würde jemand die Luft mit einem überdimensionalen Schwert zerschneiden. Ein Schwert, das direkt auf das Haus gerichtet war, in dem sie nun in die Knie ging. Sie bekreuzigte sich, aber danach war nur ein einziger Gedanke übrig. Ohne Hass, ohne Reue, ohne Tränen.

‚Karl, ich liebe dich.'

Ein Gedanke voller Zuneigung.

Erich war nur noch einen Schritt entfernt. Er war konzentriert. So konzentriert, wie man es in seinem

Alter nur sein konnte. Vor ihm war eine Wand aus Uniformen, aber das Einzige, woran er denken konnte, war sein Bruder.

Keiner der bewaffneten Männer beachtete Erich. Das war auch nicht notwendig, denn was hätte der unbedeutende Knirps auch ausrichten können?

Sein kleiner Körper verharrte plötzlich im Schrecken der Situation, trotz all der großen und mutigen Gedanken, die ihn die wenigen Meter zurück an diese Stelle geführt hatten. Auf einmal konnte er keinen Fuß mehr vor den anderen setzen. Seine Hose fühlte sich unangenehm kalt an.

Unzählige Straßenblocks weiter südlich krachte eine erste gewaltige Bombe in eine Vorstadtsiedlung. Das Haus im Auftreffpunkt wurde nahezu pulverisiert, genau wie die benachbarten Parzellen. Als Erich seine Augen wieder öffnete, raste Marios Gewehrschaft gerade schnurgerade auf Friedrichs Kopf zu.

The Family
Die WG

Die ersten warmen Sonnenstrahlen des Tages kitzelten in Sonjas Nase.

Sie rieb sie schnell, um nicht niesen zu müssen, und räkelte sich dann ausgiebig. Das Bett war viel zu gemütlich, um sofort aufzustehen, aber lange würde sie es nicht mehr hinauszögern. Es war der Tag, an dem ihre Suche hoffentlich zu Ende war.

Der Stoß Zeitungen auf dem Boden neben ihrem Schreibtisch war das Überbleibsel langer abendlicher Recherchen, entsprechend verrieten zahlreiche rote Kreuze darin die frustrierenden Resultate der letzten Wochen. Die Sache mit dem neuen Job war aufregend, aber alles drum herum war das absolute Gegenteil.

Ihren alten Job hatte Sonja gekündigt, um sich zu verändern, um eine neue Herausforderung anzunehmen. Diese Herausforderung war nun nicht mehr nur ihre neue Stelle, sondern die Wohnungssuche. Nie im Leben hätte sie gedacht, dass es so schwierig sein würde, etwas Passendes zu finden. Natürlich hätte sie in ihrer alten Dachwohnung bleiben können, aber dann hätte sie auch eine Anfahrt von über einer Stunde in Kauf nehmen müssen. Ein ähnliches Arrangement hatte sie vor Jahren mal gehabt und täglich mehrere Stunden auf dem Highway verbracht, das wollte sie keinesfalls wiederholen. Nach Wochen des Suchens hatte sie jedoch endlich zwei vielversprechende Termine in Aussicht. Die erste Wohnung war eine WG mit zwei Mädchen und die Zweite war eine Untermiete bei einem älteren Ehepaar. Beides war in ihrer Preisklasse und in Stadtnähe.

Unwillig öffnete Sonja ihre Augen und streckte sich ein letztes Mal. Nach einer heißen Dusche machte sie sich ihr Lieblingsfrühstück, Müsli mit frischen Früchten, Orangensaft und Kaffee.

Zur ersten Wohnungsbesichtigung musste sie mit dem Bus fahren. Die nächstgelegene Haltestelle nutzte sie fast nie und sie war auch ein Stück weit weg, das war aber bei dem schönen Wetter alles andere als schlimm. Ein Auto hatte sie zwar, aber die WG-Mädels hatten ihr bereits am Telefon gesagt, dass es dort nur Anwohnerparkplätze gab. Wenn ihr die Wohnung und ihre Mieter gefielen, würde sie ohnehin einen Parkausweis bekommen. Es schien eine dieser verkehrsberuhigten Zonen zu sein, die derzeit überall aus dem Boden gestampft wurden. Vorerst blieb der kleine Mitsubishi also in der Garage.

Die Busfahrt würde fast eine Stunde dauern, aber das Buch zum Schmökern würde sie nicht vergessen.

Sonja war bereit. Bereit für eine Veränderung.

Der Blick auf ihre Uhr bescheinigte, dass sie überpünktlich war, wie fast immer, aber bei öffentlichen Verkehrsmitteln wusste sie nie, daher räumte sie sich stets mehr Zeit ein.

Die Adresse sah von außen vollkommen durchschnittlich aus, ein Mehrfamilienhaus, nicht zu langweilig und nicht zu modern. Die Gegend schien ruhig und was sie an Bepflanzung sehen konnte, wurde gehegt und gepflegt. Hoffentlich wohnten hier nicht zu viele Spießer, dachte Sonja, denn dann würde sie sich Kopfhörer zulegen müssen. Auf ihre Musik konnte sie nicht verzichten.

Sie zwang sich, durchzuatmen, weil sie merkte, wie nervös sie plötzlich war. Die Mädels hatten am Telefon eigentlich sehr aufgeschlossen und positiv geklungen, daher verstand sie nicht, warum sie sich auf einmal unwohl fühlte.

Am Klingelschild suchte sie vergeblich nach dem Namen, den man ihr genannt hatte. Sie hielt inne, lehnte sich aus dem überdachten Eingang und prüfte erneut die Nummer am Haus. Es war die 16, also korrekt. Hatte sie eventuell etwas missverstanden? Als sie auf den Gehweg trat, hörte sie eine Stimme von oben nach ihr rufen.

"Hallo! Bist du Sonja?" Ein blonder Kopf schaute lächelnd aus dem ersten Stock herunter.

"Brianne?"

"Ja! Warte, ich bin gleich unten. Die Klingel geht nicht." Kurz darauf ging die Tür auf, und das Mädchen stand vor ihr. "Hi, komm rein. Du bist die Zweite, die sich heute die Wohnung ansieht, daher hatte ich ein Auge auf die Straße. Blöde Klingel, wir müssen dem Hausmeister nochmal in den Hintern treten." Brianne lachte leise.

Sonja hatte nach dem fehlenden Namen auf der Klingel fragen wollen, aber diese neue Information brachte sie aus dem Konzept.

"Wie viele Anwärter für das Zimmer gibt es denn?"

Brianne ging die Treppe vor nach oben.

"Für heute haben sich noch zwei angemeldet." Mehr sagte sie dazu nicht.

Sonja wollte nicht zu aufdringlich wirken, also bohrte sie nicht weiter, aber insgeheim war sie enttäuscht. Hoffentlich war noch keine vorläufige Entscheidung gefallen.

Die Wohnungstür stand offen und aus dem Inneren strömte ein angenehmer Duft. Es roch nach Vanille. Sonja hatte gelesen, dass es Düfte gab, die Menschen in eine bestimmte Stimmung versetzen konnten und Vanille war eines dieser Wohlfühlaromen. Gleichsam konnte man Leute zu einem Imbissstand locken, wenn man in der unmittelbaren Nähe Knoblauch anbriet. Solch kurioses Wissen konnte sie sich besonders gut merken, denn sie las viel und liebte Reportagen. Sonja lächelte vor sich hin. Wenn sie genau *das* beabsichtigt hatten, waren es schlaue Mädchen, wahrscheinlicher war jedoch, dass sie nur etwas Leckeres anbieten wollten.

Das Apartment war schön geschnitten. Ohne Eile führte Brianne sie durch alle Räume, und erwähnte hier und da Eigenheiten der Wohnung, die für sie interessant sein könnten. Das andere Mädchen hieß Vera und war tatsächlich am Backen. Sie winkte freundlich mit ihrem Ofenhandschuh, als die Führung die Küche erreichte, ging dann aber weiter ihrer Arbeit nach. Auf dem Fensterbrett standen bereits Muffins zum Abkühlen. Hoffentlich waren die für Wohnungsin-teressenten, dachte Sonja, denn ihr Magen knurrte. Als sie alle Räume gesehen hatte, setzte sich Brianne mit ihr ins Wohnzimmer und fragte nach ihrem ersten Eindruck.

Sonja war begeistert, aber bei einer Sache hatte sie gestutzt.

"Das freie Zimmer ist noch möbliert. Ist eure Mitbewohnerin noch nicht ausgezogen?"

"Äh, nein, aber keine Sorge, sie holt ihre Sachen im Laufe der nächsten Woche ab."

"Verstehe."

Weitere Details dazu gab es nicht, aber das war Sonja auch egal. Ihr momentanes Mietverhältnis lief in zwei Wochen aus, da war ausreichend Zeit, alles andere zu organisieren. Die Mädchen redeten querbeet über alles Mögliche und Brianne fragte nach den üblichen Dingen, Sonjas Job, ihren Vorlieben, Familie, Allergien. Sie fühlte sich wohl, gab aber nur oberflächliche Antworten. Sie hatte gelernt, dass, egal wie nett jemand war, man immer auf die Nase fallen konnte. Eventuell eine etwas zynische Einstellung, aber sie hatte in der Vergangenheit schlechte Erfahrungen gemacht und wollte vorsichtig sein.

Die Mädels waren ihr im Großen und Ganzen sympathisch. Es schien wohl auf Gegenseitigkeit zu beruhen, denn Brianne ging bald dazu über, ihr den Putzdienst, die Arbeitsteilung, Kühlschranknutzung und Ähnliches zu erklären. Vera brachte unterdessen Muffins ins Wohnzimmer, schenkte Kaffee ein und setzte sich dann dazu. Während sie weiter über belanglose Dinge plauderten, freute sich Sonja insgeheim schon auf das Zimmer. Der Rest des Apartments war sehr schön, alles genau so, wie sie sich eine neue Bleibe ausgemalt hatte. Sie griff nach einem zweiten Muffin.

"Die sind superlecker!" Sonja war gerade im Begriff hineinzubeißen, als ihre Finger ohne Vorwarnung versagten und er ihr aus der Hand fiel. Sie sah dem Gebäck entsetzt hinterher, als es unter den Wohnzimmertisch kullerte. Wie peinlich! Am liebsten wäre sie im Erdboden versunken, beziehungsweise in der Couch.

"Ach, keine Sorge, das ist nicht schlimm."

"Meine Güte, es tut mir so leid! Ich weiß nicht, wie mir das passieren konnte." Sie wollte sich danach bücken, aber Brianne war schneller. So schnell sogar, dass Sonja leicht schwindlig wurde, als sie die Bewegung verfolgte. Sie lehnte sich vorsichtig zurück, atmete durch und schloss für ein paar Sekunden ihre Augen, um das Gefühl loszuwerden, aber ihr Kopf drehte sich weiter. Sie versuchte, sich zu erinnern, was sie am Morgen zu sich genommen hatte, aber es war nichts Außergewöhnliches dabei gewesen. Vielleicht musste sie nur mehr trinken. Wasser würde bestimmt helfen. Sie schaute zu Brianne, um nach einem Glas zu fragen, aber ihre Zunge gehorchte ihr nicht. Auch war alles verschwommen, egal wo sie hinschaute.

Ein Glücksgefühl schwemmte plötzlich durch ihren Körper. Dieser Widerspruch ließ weiter hinten in ihrem Bewusstsein eine leichte Sorge aufsteigen. Es hätte sogar an Panik gegrenzt, wäre sie nicht so benommen gewesen. Sonja versuchte, den Gedanken zu greifen, aber es ging nicht. Sie wollte sich nur noch hinlegen und schlafen.

"Autsch!"

Sonja wollte sich umdrehen, aber es ging nicht. Sie hatte wohl wieder komisch auf ihrem Arm geschlafen, ging ihr durch den Kopf, denn ihr Handgelenk pochte widerwillig. Das passierte ihr öfter und sie hasste das Kribbeln, das jedes Mal folgte. Als sie sich mit der anderen Hand abstützen wollte, um den vermeintlichen Druck zu entfernen, merkte sie, dass sie auf etwas Hartem lag. Das war nicht ihr Bett. War sie nachts etwa auf den Boden gerollt, ohne wach zu werden?

Sie öffnete ihre Augen und blinzelte gegen das blendende Sonnenlicht an. Sofort ging ihr ein schmerzhaftes Stechen durch den Kopf und sie kniff schnell wieder die Augen zusammen, bis es besser wurde. Als sie zaghaft nachsah, worauf sie lag, erkannte sie eine blaue Unterlage. War das eine Yogamatte? Sonja war verwirrt.

Hinter ihrer Stirn pochte es weiterhin unangenehm. Es fühlte sich an, wie ein Kater. Was hatte sie bloß getrunken? So einen Brummschädel hatte sie nur ein einziges Mal gehabt, und zwar, als sie das allererste Mal Alkohol getrunken hatte. Etwas mehr als sie sollte, weil die Cocktails so lecker gewesen waren, aber seither hielt sie sich von Alkohol fern. Sonjas Blick fiel auf ihr schmerzendes Handgelenk und den silbernen Reif darum. Erst starrte sie ihn eine Weile nur an, ohne wirklich zu begreifen, was sie sah, aber als sie ihn näher betrachtete und ihre Hand darin bewegte, begriff ihr Gehirn, dass es Handschellen waren.

Sie war an einen Heizungskörper gefesselt. Die Bewegung erzeugte ein schepperndes Geräusch, das sie zusammenfahren ließ. Es war mehr das metallische Bohren in ihrem Kopf, als die Lautstärke und sie hielt ihre Hand augenblicklich still. Sie war immer noch leicht benommen und ihre Konzentration kam nur langsam in die Gänge.

Sonja betrachtete die Konstruktion. Es war eine dieser alten Heizungen, die noch mit Rohr und Ventil ausgestattet waren. Ihre eigene Wohnung hatte bereits die moderne Version, an der keine Leitungen zu sehen waren.

Es war absolut still. Sie horchte, aber scheinbar hatte der Lärm niemanden aufgeschreckt. Sie versuchte instinktiv, keine Aufmerksamkeit auf sich zu ziehen, denn mindestens eine Person wusste ja, dass sie hier war. Der- oder diejenige hatte sie auch hier angekettet. Irgendwann würde dieser Mensch sicher nach ihr sehen.

Der leichte Schleier, mit dem sie aufgewacht war, verflog langsam. Trotzdem gab ihr Gehirn keine Information preis, wie sie hierhergelangt war. Das *Hier* war ein leeres Zimmer mit einem Fenster, an dem rechts und links vergilbte Gardinen hingen. Der Boden war rauer Zement ohne Belag, genau wie die Wände. Kein Teppich, keine Tapete, ein Rohbau.

Die Realität ihrer Situation bohrte sich unaufhaltsam in ihr Bewusstsein. Sonja merkte, dass ihr Atem plötzlich schneller ging. Ihr Herz pochte spürbar und sie konnte den vertrauten hohen Ton hören. Dieser sporadische Tinnitus kam nur vor, wenn sie Stress hatte. Bleib ruhig, beschwor sie sich, eine Panikattacke hilft dir kein bisschen weiter! Sie musste allerdings erst einige Minuten die Augen schließen und ruhig atmen, um ihr Herz wieder zu geordneten Schlägen zu zwingen. Dann steckte sie vorsichtig einen Zeigefinger zwischen Metall und Rohr, um weitere Geräusche zu vermeiden, und setzte sich auf. Ihre Gelenke fühlten sich steif an. Das kam sicher vom Liegen auf dem harten Untergrund.

Sie betrachtete das Rohr erneut. Wenn sie sich irgendwie befreien und zum Fenster gelangen konnte ... sie schüttelte ihren Kopf, nein, das war Unsinn. Sie war weder McGyver noch ein Entfesselungskünstler. Auch wenn sie so etwas wie eine Haarnadel *gehabt* hätte, war sie sich sicher, dass solche Tricks nur im Fernsehen funktionierten. Ihr Atem wurde wieder schneller und sie musste sich zwingen, nicht an irgendwelche Horrorszenarien zu denken.

In ihrem Kopf war Chaos. Was war nur passiert? Wie viel Uhr konnte es sein? Das Licht von draußen gab ihr keinen Aufschluss hinsichtlich der Tageszeit. Sie betrachtete ihre Kleidung und sah sich um. Ihre Handtasche fehlte. Sie konnte sich noch gut daran erinnern, wie sie ihre Anziehsachen herausgelegt hatte, aber für welchen Anlass? Wann war das gewesen? Das Letzte, an das sie sich erinnern konnte, war eine Couch. Sonja konzentrierte sich. Muffins. Zwei Mädels. Ja, genau, die Wohnungsbesichtigung! In ihrer Euphorie, sich an etwas erinnert zu haben, zog sie die andere Hand zurück und es schepperte wieder. Diesmal war es ihr gleichgültig, dieser Fortschritt war wichtiger.

Sonja richtete sich auf, so gut es ging, und spähte aus dem Fenster. Ebenerdig, sehr gut, dachte sie. Sie konnte einen Schotterweg und ein Haus sehen, Menschen waren keine zu sehen. Ihr erster Impuls war zu schreien. So laut und so lange sie konnte, doch ihr Mund blieb geschlossen. Natürlich könnte sie *irgendwer* hören, aber auch jemand, den sie nicht sehen wollte. Noch war sie nicht bereit, ihren Entführer kennenzulernen. Entführer? Oh Gott, da war wieder das hohe Pfeifen. Sonja schloss die Augen und ging in die Knie. Den Handschellen, die am Rohr entlang schabten, widmete sie keinen Gedanken mehr.

Als ihr Puls sich wieder verlangsamte, rüttelte sie am Metall. Nichts. Bombenfest und zudem im Boden einzementiert. Die Handschellen waren zu eng, um herauszuschlüpfen. Doch vielleicht schreien? Etwas wackelig stand sie wieder auf, um wenigstens den Blick nach draußen zu haben.

Sie entschied sich, zu schreien, sobald sie jemanden sah.

So laut sie konnte.

Maggie verschloss die Wohnungstür und ließ die Schlüssel im Erdgeschoss in den entsprechenden Briefkasten gleiten. Die Mieter kamen übermorgen aus dem Urlaub und würden alles so vorfinden, wie sie es verlassen hatten. Eventuell würde noch ein leichter Vanilleduft in der Luft hängen, aber Hermine hatte ausgiebig gelüftet, also waren sie auf der sicheren Seite. Manchmal besserten die Mädchen ihr Taschengeld durch House-Sitting oder Putzen auf. Es war auch sehr praktisch, weil man nicht seinen richtigen Namen angeben musste. Sie ging immer als Vera, Hermine liebte den Namen Brianne, auf diese Weise konnte ihnen niemand hinterherspionieren.

Hermine wartete bereits vor dem Haus auf sie und hielt Ausschau nach Lee. Er hatte versprochen, sie abzuholen, aber er vergaß immer die Hausnummern, also musste eine von beiden immer draußen stehen und winken. Lee hieß eigentlich Leroy, aber er bevorzugte die gängige Kurzform. So, sagte er, wurde er nicht an seinen Vater erinnert. Was da vorgefallen war, wusste allerdings keine von ihnen. Maggie wunderte sich oft, dass er es den Mädchen nicht gleichtat und sich einen anderen Namen aussuchte, aber direkt vorgeschlagen hatte sie es ihm noch nicht. Manchmal bekam Lee spontane Wutanfälle und man wusste nie, in welcher Laune er sich gerade befand. Wer keine dummen Fragen stellte, bekam auch keine dummen Antworten. Mit dieser Devise war sie schon immer gut durch das Leben gekommen, ihre jetzige Situation war keine Ausnahme. Ihr Vater hatte sie zudem immer verprügelt, wenn sie sich Dinge herausnahm, die ihm nicht passten. Es hatte ihm viel nicht gepasst und deshalb war sie früh von zuhause weggelaufen, aber das war lange her.

Lee verspätete sich, wie üblich. Die Mädchen warteten schon über eine Viertelstunde, als sie den alten Pick-up endlich um die Ecke biegen sahen. Hören konnten sie seine Karre schon vorher. Hoffentlich bekamen die sporadischen Fehlzündungen keine unnötige Aufmerksamkeit, aber es war keiner zu sehen. Maggie wünschte sich manchmal, sie hätte ein eigenes Auto. Der Gedanke war dann meist schnell verworfen, denn was sollte sie damit anstellen? Auch wenn sie einen Führerschein gehabt hätte, wo wäre sie damit hingefahren? Sie konnte nie wieder nach Hause. Ihr Zuhause war bei Lee.

Das Schlimmste an Sonjas Situation war, dass sie sich an rein gar nichts erinnern konnte. An nichts zwischen dem Besuch in der WG und diesem Moment. Jede noch so winzige Kleinigkeit hätte ihr geholfen, mit ihrer hilflosen Lage fertigzuwerden, aber in ihrem Kopf war nur Leere. Die Situation war unwirklich und gleichzeitig unheimlich real. Greifen konnte sie es nicht, es war wie ein unendliches Loch von Verzweiflung. Nicht zu wissen, was auf sie wartete, das war wie ein Crashkurs über Existenzialismus. Eigentlich war jeder Tag des Lebens so, man wusste nie, was einen erwartete, aber wenigstens hatte man nicht ständig Angst.

Als sie draußen Reifen auf dem Kies hörte, flammte kurz ein Hoffnungsschimmer auf, aber sie fing nicht an, wie geplant zu schreien, denn der Wagen hielt zu nah am Haus. Es war ihr Entführer.

Im Zimmer war ein Geräusch. Voller Panik schaute sie nach allen Seiten, bis sie begriff, dass sie selbst das Geräusch verursachte. Sie zitterte so stark, dass die Handschellen in einem grausamen Rhythmus am Rohr klapperten. Schnell schob sie wieder einen Finger zwischen das Metall und horchte auf. Sie hörte eine Frauenstimme lachen. Die Stimme kannte sie doch! Wie aber konnte das sein? Da war auch eine männliche Stimme und dann wieder das Lachen, ohne dass sie verstehen konnte, was gesagt wurde. Die Stimmen entfernten sich, aber kurz darauf wurde im Haus eine Tür auf- und zugemacht.

Oh Gott, dachte sie, die Leute, die sie hier eingesperrt hatten, waren tatsächlich hier. Was würde geschehen? Würden sie ihr wehtun? Ging es um Lösegeld? Unwahrscheinlich, sie hatte ja niemanden und bei ihr war nichts zu holen, aber wussten das die Entführer? Und wer war die Frau, deren Stimme ihr so bekannt vorkam?

Sie konnte Schritte hören und dann einen Schlüssel.

Die Tür ging auf und Sonja traute ihren Augen nicht. Vera und Brianne kamen in den Raum, gefolgt von einem Mann, den sie fast nicht zur Kenntnis nahm. Der Schock war zu groß.

"Hallo Sonja, bitte hab' keine Angst." Vera kam gleich auf sie zu und kniete sich ein paar Meter vor ihr hin. "Wir waren leider nicht ganz ehrlich zu dir. Es gibt keine WG. Jedenfalls nicht an der Adresse, an der du uns kennengelernt hast. Es war eine ziemlich spontane Aktion, daher auch dieser Ort. Verzeih. Die Wahrheit ist, wir suchen ein neues Mitglied für unsere Familie und haben uns für dich entschieden." Sie sagte das, als hätte sie gerade verkündet, dass sie einen Welpen adoptiert hatte, dachte Sonja. Als sie sie daraufhin nur anstarrte, fuhr Vera etwas weniger euphorisch fort. "Mein richtiger Name ist übrigens Maggie und das hier ist Hermine. Der gut aussehende Mann hinter ihr ist

Lee." Sonjas Blick schweifte erstmalig bewusst zu dem unrasierten Mann. Etwas Gutaussehendes konnte sie dort nicht entdecken. "Er passt auf uns auf, weißt du?"

Lee strahlte stolz und grinste, dann sprach er Sonja an.

"Wenn du dich gut anstellst, dann wird es dir bei uns sehr gut gehen." Damit drehte er auf dem Absatz um und ging aus dem Raum.

Die Mädchen sahen Sonja erwartungsvoll an, aber diese saß nur still an die Heizung gelehnt, mit der gefesselten Hand etwas angewinkelt. Sie merkte, wie ihr Entsetzen sekündlich wuchs, aber wenigstens das Piepsen blieb diesmal aus. Hermine setzte sich neben Maggie auf den Boden und versuchte, aufmunternd zu lächeln.

"Schau, wir waren auch einmal in deiner Situation. Es ist anfangs alles ein wenig viel, ich weiß, aber bald wirst du sehen, wie gut wir es haben."

Was meinte sie bloß mit ,auch in deiner Situation', fragte sich Sonja. Waren die beiden etwa auch entführt worden? Sie schienen den Typen doch anzuhimmeln.

"Gut? Hier?" Sonja sah sich im Zimmer um. Sie bekam keine Luft. Ihre Frage war kaum hörbar gewesen, aber die Mädchen hatten verstanden.

"Na ja, nicht hier in diesem Haus. Das ist nur improvisiert, weil wir nicht wussten, wohin mit dir."

Sonja fand langsam ihre Stimme wieder.

"Seid ihr Prostituierte?" Im Fernsehen sah sie das oft, willige Mädchen, die einen Mann so sehr liebten, dass sie für ihn anschaffen gingen. Vielleicht war das nicht die beste Frage in dieser Situation, aber Sonja wollte schnellstens herausfinden, in welcher Art Gefahr sie sich befand.

"Um Himmels willen, nein. Wir sind seine Ehefrauen!" Die andere nickte in Zustimmung. "Also nicht im legalen Sinne, aber im spirituellen."

Sonja sah die beiden entgeistert an. Sie unterhielten sich mit ihr über ihre absonderliche Beziehung, als wäre es das Normalste auf der Welt und das alles passierte, während sie hier in Handschellen saß.

"Ich muss aufs Klo." In der gleichen Sekunde, als Sonja es ausgesprochen hatte, drückte die Blase wirklich dringlich. Es war, als hätte der Schock der Situation zuvor alles andere ausgeblendet.

Maggie und Hermine schauten sich gegenseitig an und Hermine lachte entschuldigend.

"Natürlich! Tut uns leid. Daran hatten wir gar nicht gedacht. Wie schon gesagt, du musst keine Angst haben. Wir werden dich begleiten."

Maggie zog einen Schlüssel aus ihrer Hosentasche und machte sich an den Handschellen zu schaffen, während sie weiter drauflos redete, als würde sie für etwas werben. Nun ja, dachte Sonja, im Grunde tat sie das auch.

"Im Vertrauen gesagt, am Anfang hatte ich auch etwas Bammel. Hermine war schon mit Lee zusammen, als ich dazukam. Ich habe die beiden mit der Zeit aber besser kennengelernt und wusste die Lebensweise ziemlich schnell zu schätzen. Viele Menschen leben in einer Vielehe. Es hat *so* viele Vorteile. Du bekommst nicht nur einen Mann, der sich um dich kümmert, sondern auch eine beste Freundin oder mehrere. Wir vertrauen einander vollkommen und leben zusammen, wie jede andere Familie." Sie halfen Sonja auf und führten sie durch die Tür in den Gang. "Hermine, darf ich es ihr erzählen?"

Sonja konzentrierte sich darauf, nicht in die Hose zu machen, und hörte daher dem Dialog der Schwester-Ehefrauen zu, ohne etwas zu sagen. Über Vielehen hatte sie auch einmal eine Reportage gesehen, allerdings waren die Frauen darin zu nichts gezwungen worden. Das hier war die Albtraumvariante.

"Ja, sag es ihr. Es wird ihr beweisen, wie glücklich wir sind."

Sie blieben vor einer angelehnten Tür stehen, dahinter war offensichtlich das Bad. Maggie strahlte sie an.

"Hermine ist schwanger!"

Sonja war schon halb in der Tür. So schnell es irgendwie ging, huschte sie in die Toilette und begann, ihre Hose zu öffnen. Glücklicherweise gewährte man ihr Privatsphäre. Sie war sich sicher gewesen, dass die Mädchen sie nicht aus den Augen lassen würden, aber die Tür hinter ihr ging zu.

Der Strahl war unmittelbar, stark und sehr erlösend. Sonja konnte gleich klarer denken. Trotz der Tatsache, dass offensichtlich verrückte Menschen sie gefangen hielten, musste sie sich etwas ausdenken. Hermine war schwanger. Bestimmt von diesem Lee. Lee sammelte Frauen, damit er seine Familie erweitern konnte. Das konnte er allerdings nur mit gebärfreudigen Frauen. Sonja saß sofort aufrechter. Das war die Idee! Ob es ihr weiterhelfen würde, wusste sie nicht, aber es war einen Versuch wert.

Die Mädchen erwarteten sie vor der Tür.

"Hey, sorry. Ich musste so dringend aufs Klo, dass ich dir nicht gratuliert habe." Sonja überwand sich und umarmte Hermine mit einem Lächeln. "Meinen Glückwunsch! Es ist ein wahres Geschenk!" Ihre nächste Schilderung musste ehrlich rüberkommen. Sonja schluckte umständlich und versuchte, beschämt zu klingen. "Meine letzte Beziehung ging an diesem Wunsch zugrunde. Ich kann leider keine bekommen." Sie schaute kurz auf ihre Füße, konnte aber aus den Augenwinkeln sehen, wie die beiden sich anschauten. "Für dich freue ich mich jedoch sehr! Wie weit bist du?"

"Im zweiten Monat." Sie nahm Sonjas Hand und klang fast mitleidig. "Wenn du möchtest, kannst du zu meinem nächsten Arztbesuch mitkommen. Natürlich nur, wenn es dich nicht traurig macht." Fast wollte Sonja zustimmen. Nein, es war zu schnell und hätte zu erfreut geklungen. Man würde sie durchschauen und sehen, dass sie so etwas zur Flucht nutzen würde. Sie musste aufpassen, wie und was sie sagte.

"Ja, mal sehen. Ist noch etwas frisch für mich. Wir haben uns erst vor wenigen Monaten getrennt, daher auch mein Wunsch nach einer neuen Bleibe. Die Erinnerungen und so, ihr wisst schon." Sonjas Magen rumorte hörbar. Sie wusste nicht, wie lange sie ohnmächtig gewesen war. Konnten ein paar Stunden sein, aber auch ein ganzer Tag.

Maggie nahm sie an die Hand.

"Du musst Hunger haben, bist schon ganz blass. Komm."

Das angrenzende Zimmer sah aus, als wäre es zu seinen Glanzzeiten eine Küche gewesen. Helle Stellen an den Wänden zeugten von ehemaligen Schränken. Alles in allem ein sehr abstoßender Platz. Es war zwar aufgeräumt, aber die Tapeten waren vergilbt, wo sie noch existierten, und die Bodenbeläge hatten merkwürdige Flecken. Auf einem Tisch stand ein Teller mit Essen. Es waren belegte Brote und daneben stand eine Dose Cola. Auf die Brote hatte Sonja keine große

Lust. Da war eventuell wieder irgendein Mittel drin, das sie einschlafen ließ, also lieber nichts riskieren. Die Dose schien ungefährlich und es war auch kein Light-Produkt, und sie brauchte dringend Zucker im Blut.

Die Mädchen flüsterten untereinander und dann ging Hermine unvermittelt nach draußen. Maggie setzte sich zu Sonja an den Tisch und schob den Teller näher zu ihr herüber.

"Iss was, dann fühlst du dich gleich besser."

Sonja musste sich etwas einfallen lassen. Sie hatte zwar Hunger, aber es musste erst einmal ohne gehen.

"Ich würde sehr gern zugreifen, aber ich bin Vegetarierin. Da ist Fleisch drauf!" Sie warf der Vesper einen vernichtenden Blick zu, was ihr unter den Umständen sehr gut gelang.

"Oh." Maggie sah auf die Brote. "Na ja, wenigstens trinken kannst du etwas. Daheim haben wir mehr Auswahl."

Daheim? Hoffentlich eine weniger provisorische Behausung als der momentane Standort, aber sie konnte sich nicht vorstellen, dass diese sogenannte Familie ein richtiges Haus besaß.

Am meisten hatte Sonja Angst vor einer neuen Betäubung. Alles andere würde sie ertragen können. Obwohl, dachte sie, was wenn diese Leute sie nie aus dem Haus ließen? Nie nach draußen zu können war ein schlimmer Gedanke. Wann würden sie ihr so weit vertrauen, dass sie unter Leute gelassen wurde? Was musste sie dafür tun?

Sonja zwang ihr Hirn zur Ruhe, zum Sorgen machen war später bestimmt noch ausreichend Zeit. Solange sie nicht alleine war, musste sie sich darauf konzentrieren, so viel wie möglich über diese Menschen herauszufinden. Sie schaute genug fern, um zu wissen, dass sie Beweise brauchte. Nur was? Sie war sich noch nicht einmal sicher, ob sie die richtigen Namen kannte. Sie würde auf jeden Fall ihre Augen offenhalten. Sonja sah ihr Gegenüber lächelnd an.

"Was machen wir heute?"

Maggie schaute überrascht auf. Sie hatte eine weniger positive Einstellung erwartet. War der Neuzugang eine so gute Wahl gewesen, dass sie sich gleich fügte? Unwahrscheinlich.

"Für heute hatten wir nicht viel geplant, nur relaxen. Lee kommt gleich und fährt uns nach Hause. Dort kannst du dich dann frisch machen und etwas essen, das dir schmeckt, dann sehen wir weiter."

Sonja stellte die leere Dose auf den Tisch und setzte sich aufrecht hin.

"Ok, bin bereit."

Da der Tisch an einer Wand stand, hatte sie keinen guten Blick nach draußen, aber aufzustehen und ans Fenster zu gehen traute sie sich nicht. Smalltalk mit Entführern war auf Dauer allerdings ziemlich ermüdend. Sie seufzte innerlich, wurde aber schnell erlöst. Lee und Hermine kamen herein und sie zwang sich, das Lächeln auf den Lippen zu behalten.

Lee jedoch schaute grimmig drein. Maggie machte ihm Platz und er setzte sich an den Tisch. Dort kam er ohne Umschweife zur Sache.

"Sonja. Folgendes. Ich suche eine dritte Frau, die gut zu unserer Gemeinschaft passt. Die Mädchen fanden dich nett und wollten, dass ich dich kennenlerne. Es gibt allerdings ein großes Problem." Er hielt inne. Die dramatische Pause ließ Sonja erschaudern und sie fühlte erneut Panik in sich hochsteigen. "Zu einer Familie gehören Kinder. Hermine sagte mir, dass du keine bekommen kannst."

Oh. Das hatte sie jetzt nicht erwartet. Sie hatte zwar gehofft, dass dieses Thema sie für Lee unattraktiver machen würde, aber eine so schnelle Reaktion kam selbst für sie überraschend. Es schien ein sehr wichtiger Punkt für ihn zu sein.

Sonja nickte und setzte einen hoffnungsvollen Gesichtsausdruck auf.

"Ja, das ist leider wahr, aber ich möchte so gerne Kinder. Vielleicht ist eure Familie genau das Richtige für mich. Hermine ist bereits schwanger und ich kann helfen ..."

Lee hob seine Hand, um sie zu stoppen.

"Das mag sein, aber ich werde keine unfruchtbare Frau durchfüttern." Sonja senkte ihren Kopf, wie in Scham. Ihre Idee, sich anzubieten, funktionierte besser, als sie gedacht hatte. Sie fühlte eine Hand auf ihrer Schulter. Es war die von Hermine.

"Lee", begann diese, aber er unterbrach sie sofort.

"Nein. Lasst euch nicht blenden. Wir haben ein Ziel und das können wir nur erreichen, wenn unsere Familie wächst."

Hermine antwortete mit einem traurigen Nicken.

"Ja, Lee, ich weiß. Ich habe sie nur schon ins Herz geschlossen."

Der hagere Mann stand auf und strich Hermine zärtlich über die Wange.

"Du bist ein Engel. Mach dir keine Sorgen, wir finden schon jemanden, der sie haben will. Lasst uns aufbrechen."

Sonja erstarrte. Sie hatte darauf gehofft, dass diese Leute sie nun irgendwo absetzen würden und sie frei wäre. Was meinte er mit: *Irgendjemand würde sie schon haben wollen*? Wollte er sie etwa weiterreichen, wie eine alte CD? Oh Gott, dachte sie verzweifelt. Warum ließen sie sie nicht einfach wieder gehen?

Hermine nahm Sonjas Hand und führte sie Richtung Tür. Keiner fasste die Sachen auf dem Tisch an. Sonja verschwendete jedoch keinen Gedanken daran, denn sie konnte nur noch an Lees Aussage denken.

Draußen stand ein alter Truck. Er war ziemlich nah am Eingang geparkt, aber auch sonst war nicht viel zu sehen. Die Umgebung spiegelte ziemlich genau das wider, was sie aus dem Fenster gesehen hatte. Schotterwege und ein paar verstreute Häuser. Kein Mensch weit und breit.

Die Mädchen nahmen sie auf dem Rücksitz in die Mitte und die Fahrt begann. Sonja konnte es kaum glauben, dass sie sie bei vollem Bewusstsein gelassen hatten, aber dann realisierte sie, dass es vielleicht irgendwohin ging, wo sie sowieso keine Chance haben würde, abzuhauen. Sie schloss die Augen für ein paar Sekunden, um klarer denken zu können, aber da war und wurde nichts klar. Es blieb einzig und allein ihre Angst.

Ihre Lage war nicht unbedingt aussichtslos, aber sie hatte von genügend Entführungen gehört, bei denen die Opfer jahrelang eingesperrt worden waren.

Sie hatte doch ein Leben! Einen Job! Freunde! Man würde nach ihr suchen, wenn auch nicht sofort. Sie war eine ziemliche Eigenbrötlerin und oft hörte man wochenlang nichts von ihr. Sonja überlegte krampfhaft, was sie bei der Wohnungsbesichtigung in ihrer Tasche gehabt hatte. Glücklicherweise nicht viel: Handy und Schlüssel. Da sie das Auto stehen gelassen hatte, waren Geldbörse und Dokumente daheim auf der Kommode geblieben. Niemand konnte herausfinden, wo sie wohnte und zusätzlich einbrechen. Ihr Handy war immer ausgeschaltet, erstens um den alten Akku zu schonen, aber auch, weil sie nicht immer erreichbar sein wollte. Ein PIN war zusätzlicher Schutz, also musste sie sich keine Sorgen machen, dass jemand die Infos darin missbrauchte.

Lee fuhr auf den Highway. Der Verkehr war um diese Zeit noch spärlich, also konnte er die umständlichen Landstraßen meiden. Auf dem Weg nach Hause wollte er im Laden noch schnell ein paar Bier holen und sich dann von den Mädels was Schönes kochen lassen. Die Neue würde er eine Weile beobachten und dann mit seinen Freunden reden. Vielleicht gab es den einen oder anderen, der Gefallen an ihr fand, trotz ihres *Problems*. Am Wochenende konnten sie ein BBQ veranstalten. Sie schien sich gut einzufügen und es wäre eine nette Geste seinerseits, damit sie brav blieb. Er war stolz auf seine Mädels. Hermine hatte ihm erzählt, wie ruhig Sonja die ganze Zeit über gewesen war und wie gut sie sich mit ihr verstanden. Echt eine Schande, dass sie keine Kinder bekommen konnte. Sie hatte eine gute Figur und ein hübsches Gesicht, ganz sein Typ Frau. Wirklich schade, dachte er und schaute in den Rückspiegel.

"Hey Mädels, was wollen wir heute essen? Ich halte gleich am Quickmart. Sollen wir noch irgendetwas einkaufen?"

"Das Einzige, das fehlt, ist Eiscreme", kam wie aus der Pistole geschossen, natürlich von der schwangeren Hermine.

Maggie überging die nimmersatte Bemerkung ihrer Schwesterehefrau und dachte laut nach.

"Fleisch ist noch genug da. Von deiner letzten Jagd ist noch die halbe Gefriertruhe gefüllt und Kartoffeln haben wir auch."

"Schokolade wäre auch toll!" Hermine strich sich den Bauch, um mit Nachdruck darauf hinzuweisen, dass schwangere Frauen besondere Bedürfnisse haben.

Lee lachte auf.

"In Ordnung."

Dieses intime Geplänkel erzeugte bei Sonja Gänsehaut. Es schien alles so normal, aber ihr ging es gar nicht gut. Das konnte einerseits an ihrem niedrigen Blutzucker liegen, aber auch an der Tatsache, dass Lee eine Waffe besaß. Maggie hatte etwas von Jagd gesagt. Sie schüttelte sich.

"Hey ist alles in Ordnung?" Maggie legte den Arm um ihre Schultern und schaute besorgt.

"Ja, mir ist nur etwas kalt und pinkeln muss ich auch wieder." Sie rutschte ein wenig auf ihrem Platz hin und her, um die Dringlichkeit zu unterstreichen.

"Du hast die Cola auch auf leeren Magen getrunken. Wir sind gleich am Laden, die haben ein Klo."

Sonja nickte dankbar und sah aus dem Fenster. Während die Landschaft an ihnen vorüberflog, erwartete sie jede Sekunde einen Widerspruch aus Lees Richtung, aber er summte nur vor sich hin. Lee träumte gerade von einem kalten Bier und Maggies zartem Körper.

Sonja hatte ihren Kopf auf Maggys Schulter gelegt, während sie Hermines Hand hielt. Jede Bewegung war kalkuliert. Die Mädchen sollten denken, dass sie sich wohlfühlte, trotz ihrer angeblich vollen Blase, die sie ab und an mit einem kleinen Stöhnen bedachte. Die Seufzer fielen ihr ziemlich leicht, so verloren wie sie sich fühlte. Sie versuchte, stark zu bleiben, aber das schwarze Loch in ihrem Inneren gab ihr ein solches Gefühl der Hilflosigkeit, dass sie ihre ganze Kraft dazu benötigte, sich auf mögliche Auswege zu konzentrieren. Noch waren keine in Sicht.

Lee fuhr vom Highway runter. Die Schilder kündeten einen Vorort an, der mindestens 50 Meilen von der Mietwohnung entfernt lag. Sie kannte den Ort nur aus den Wettermeldungen der Nachrichten, konnte aber bereits erkennen, dass eine Flucht wenig Sinn hatte. Die Häuser, die vorbeihuschten, waren alle weit voneinander entfernt. Ohne Auto hatte sie keine Chance.

Der Quickmart sah verlassen aus. An der Seite parkte ein einziges Auto. Es gehörte bestimmte der Person, die drinnen an der Kasse stand. Sonja machte keine Anstalten, auszusteigen. Sie war wütend auf sich selbst, dass sie die Hoffnung gehabt hatte, sie würden an einem Supermarkt mit vielen Menschen halten. Für wie blöd hatte sie diese Truppe denn gehalten? Sie ließ die Mädchen aussteigen, ohne aufzusehen, und bekam gar nicht mit, dass Maggie ihr die Tür aufhielt.

"Wolltest du nicht dringend auf die Toilette?" Hermine war um den Truck herumgekommen und neben Maggie stehengeblieben. Beide schauten sie erwartungsvoll an.

"Oh! Ja natürlich. Ich wusste nicht, ob ich aussteigen darf." Sonja kletterte umständlich heraus und folgte ihnen hinein.

Maggie lächelte. Sonja machte keine Probleme. Sie hatte eine gute Wahl getroffen, auch wenn sie sie nicht als Schwesterehefrau behalten durfte. Es würde Sonja die Zeit bei ihnen jedoch viel leichter machen.

Die kleine Glocke an der Tür hörte sich genauso an, wie die aus den süßen Kleinstadtserien, wenn die Darsteller einkaufen gingen. Innen war der Laden spärlich ausgestattet und die Auswahl überschaubar. In jeder anderen Situation hätte Sonja sich hier wohl gefühlt. Sie liebte diese kleinen Läden. In der Souvenirecke fand man immer etwas Außergewöhnliches. Einmal hatte sie auf diese Weise einen kleinen Elchmagneten entdeckt. Der Kopf war aus Keramik und die Beine waren aus beweglichem Material, sodass sie jedes Mal hin und her schwangen, wenn sie die Kühlschranktür öffnete oder schloss. Er würde sie immer an einen schönen Ausflug erinnern, jetzt aber konnte sie von der Erinnerung nicht zehren, denn diese gegenwärtige Erfahrung war mehr wie eine Achterbahn, die ununterbrochen auf Talfahrt war. Eine ohne Verschnaufpause.

An der Kasse stand eine junge Frau. Sie schaute hoch, als die Gruppe eintrat.

"Hi Lee. Wieder Vorräte holen?" Sie zwinkerte.

Scheinbar kaufte er sein Zeug hier regelmäßig, dachte Sonja. Etwas weiter hinten konnte sie die üblichen Schilder für die Toiletten erkennen und steuerte eilig darauf zu. Keiner folgte ihr. Warum auch? Hier waren sie sicher. Eventuell wusste sogar die Kassiererin, was Sache war. Sonja musste mühsam die Tränen zurückhalten, als sie die Tür verriegelte, aber dann flossen sie trotzdem. Sie setzte sich auf die geschlossene Schüssel und hielt ihre Hand über den Mund, damit sie nicht laut aufschluchzte und sich verriet. Die drei durften keine roten Augen sehen, kein

Anzeichen von Gegenwehr, sie musste sich schnell wieder in den Griff bekommen.

Sie setzte sich aufrecht hin und versuchte, tief zu atmen, dann ging sie ans Spülbecken, wusch Hände und Gesicht und prüfte ihr Spiegelbild. Ihre Augen sahen normal aus. Keine Rötung. Sie betätigte die Toilettenspülung und stand einige Sekunden nur ruhig da. Dann öffnete sie kurz entschlossen ihre Hose und pinkelte doch. Wer weiß, wie schnell sie wieder die Möglichkeit dazu haben würde.

Ein letzter Blick in den Spiegel und sie entriegelte die Tür.

Im Ladenraum lehnte Lee am Tresen und unterhielt sich mit der brünetten Kassierin, die Mädels standen weiter hinten bei den Chips. Sonja stieß dazu.

"Ich dachte, ihr wolltet Schokolade."

Hermine lachte und hielt mehrere Tafeln hoch.

"Süß und salzig, ich decke mich ein. Man weiß nie, auf was das Baby Lust hat."

"Wohl wahr." Sonja lächelte sie an. Echt schade, dass diese Leute sie entführt hatten, dachte sie zynisch, unter anderen Umständen hätte sie sich bestimmt mit ihnen anfreunden können. Wie sie so dastanden und die Knabbereien begutachteten, versank Sonja in Gedanken an ihre Freunde daheim und an ihren neuen Job. Wieder kroch Entsetzen in ihr hoch. Wenn sie diesen Menschen nicht entkam, konnte sonst was passieren. Lee wollte sie an einen seiner Freunde weitergeben. Was würde geschehen, wenn sie sich sträubte? Würde sie wieder gefesselt werden? Womöglich geschlagen? Schlimmeres wagte sie sich kaum auszumalen. Das hier waren nicht ihre Freunde, egal, wie nett sie waren. Überhaupt, sie waren nicht *nett*. Sie hatten sie entführt, betäubt und gefesselt!

Sonja ließ ihren Blick schweifen und sah durch das Ladenfenster auf die andere Straßenseite. Dort war eine Tankstelle und was sie dort entdeckte, ließ ihr fast das Herz stehen. Ein Wagen des Sheriff-Departments stand verlassen an der Zapfsäule, sein Fahrer bestimmt in der Nähe, wenn auch außer Sichtweite. Dort war die Hilfe, auf die sie gehofft hatte.

Sie musste hinüber zur Tankstelle, nur wie? Weder Lee noch die Mädchen würden sie aus den Augen lassen. Die Wahrscheinlichkeit, dass sie aus dem Laden rennen konnte und auch noch über die Straße war zwar hoch genug, aber was war, wenn Lee sie vorher einholte und überwältigte, ohne dass der Polizeibeamte auf der anderen Straßenseite etwas mitbekam? Dann hatte sie es sich mit der Truppe verspielt und auch ihre Chance auf Hilfe eingebüßt.

Sie musste sichergehen, dass der Sheriff sie bemerkte.

Sonja hatte einen Plan. Ihre Idee war verrückt, aber ihre Situation war es auch.

"Bin gleich wieder zurück, ich möchte Lee nur um etwas bitten." Sie ging vor an die Kasse, wo Lee immer noch mit der Angestellten flirtete. "Lee verzeih, ich möchte nicht stören. Ich würde sehr gerne eine Fanta trinken, aber mein Geld ist in meiner Handtasche. Kannst du mir eine ausgeben?"

Lee schaute sie etwas verwundert an, grinste dann aber von einem Ohr zum anderen. Er hob seine Hand und Sonja sprang vor Schreck fast rückwärts, konnte sich aber im letzten Moment noch stoppen.

Er kniff sie väterlich in ihre Wange.

"Was für ein höfliches Mädchen. Natürlich Kleines, geh dir deine Fanta holen. Geht auf mich." Sofort wandte er sich wieder seiner Gesprächspartnerin zu.

Sonja musste sich bremsen, damit sie nicht losrannte. Die Kühltheke war gleich neben dem Ladenfenster. Drüben hatte sich nichts verändert, der Cruiser stand unverändert an seinem Platz. Sie holte ihr Getränk aus dem Kühlschrank und ging zu den Mädchen.

"Kann eine von euch mit mir an den Wagen kommen? Ich brauch ein wenig Luft." Hermine stand noch unschlüssig am Regal, aber Maggie nickte.

"Ja klar, komm." Scheinbar hatte keiner den Streifenwagen bemerkt, oder es war ihnen egal. Oh nein, dachte Sonja, nicht dass der Sheriff Lees Freund war oder so etwas in der Richtung! Nein, das konnte nicht sein. Das durfte nicht sein! Sie las zu viele Krimis.

Das hier war das echte Leben und das echte Leben gestattete einem hin und wieder eine glückliche Fügung. "Lee, ich geh mit Sonja schon mal vor an den Wagen."

Sie stellte ihre ausgewählten Knabbereien wie selbstverständlich auf die Theke und hielt Sonja den Arm hin, damit diese sich einhaken konnte. Sonja hielt ihre Fanta hoch, damit die Kassiererin die Dose sehen konnte, und erntete von dieser ein kurzes Nicken. Wieder erwartete Sonja, dass Lee einschreiten würde, aber wieder blieb er entspannt.

Als sie über den Parkplatz gingen, schaute Sonja absichtlich nicht in Richtung Tankstelle und verwickelte Maggie in ein Gespräch über Babynamen. Sie konnte die eiskalte Dose in ihrer Hand spüren und wünschte sich kurz, sie könnte sie einfach trinken. Stattdessen hielt sie den Behälter an ihre Stirn und schloss kurz die Augen.

"Sorry, mir ist immer noch ein bisschen schwindlig." Sie lehnte sich so an den Truck, dass sie die Tankstelle sehen konnte. Maggie stellte sich ihr gegenüber und beobachtete sie besorgt.

"Warum hast du dir denn nichts zu Essen geholt?"

"Oh. Daran habe ich gar nicht mehr gedacht." Obwohl sie wirklich Hunger hatte, war ihr das tatsächlich nicht in den Sinn gekommen.

Es war wirklich ruhig hier draußen, dachte sie. Sie lehnte ihren Kopf zurück und tat, als würde sie sich ausruhen. So, wie sie sich benahm, hätte *sie* die Schwangere sein können.

Die Ladentür quietschte. Sie drehte ihren Kopf und sah Hermine und Lee, bepackt mit Einkaufstaschen, aus dem Laden kommen. Maggie ging ein paar Schritte in deren Richtung, um Hermine die Plastiktüten abzunehmen.

Sonjas Herz fing an zu rasen. Sie brauchte noch mehr Zeit, aber ihr blieben nur noch wenige Sekunden, bis alle bei ihr waren und sie zurückhalten konnten. Sie trat schnell von dem Truck weg in Richtung Straße, holte aus, zielte, so gut sie konnte, und ließ die Dose durch die Luft sausen. Es war ein gutes Stück über die Straße, auch wenn das Geschoss ausreichend Gewicht mitbrachte. Ihr anvisiertes Ziel war wegen seiner Größe kaum zu verfehlen, trotzdem hielt sie den Atem an, während die Dose durch die Luft segelte.

Die Fanta traf den Wagen des Sheriffs mitten ins Fenster und platzte mit einem leichten Knall. Die gelbe Flüssigkeit sprühte dramatisch nach allen Seiten, während die Dose in kleinen Kreisen um die eigene Achse vom Auto wegrollte.

Das Fenster selbst hatte dem Aufprall standgehalten und den Bruchteil einer Sekunde passierte rein gar nichts. Lee und Hermine hatten die Aktion natürlich gesehen und starrten sprachlos auf die Szene. Maggie sah sich nur um, weil sie dem erstaunten Blick der beiden folgte, konnte aber nur noch zusehen, wie Sonja im Begriff war, über die Straße zu rennen. Den Wurf hatte sie verpasst.

"Hey!" Als Maggie den Cruiser entdeckte, begriff sie, dass ihre Gefangene etwas plante.

Dann ging alles ziemlich schnell. Die Sirene des Sheriffs fing durch den Aufprall der Dose an, in ihrer vollen Lautstärke zu heulen. Scheinbar war der Alarm des Wagens daran gekoppelt. Sonja hatte noch nie zuvor so viel Schönheit in einer Polizeisirene vernommen. Zeitgleich stürzte der Sheriff aus der Tankstelle. Ob er den Angriff der Dose auf sein Gefährt gesehen hatte, war schwer zu sagen, aber er steuerte mit einem sehr verärgerten Gesichtsausdruck direkt auf den Cruiser zu. Dann allerdings bemerkte er die kleine Gruppe auf der anderen Straßenseite und eine Frau, die auf ihn zurannte, ohne nach rechts und links auf den Verkehr zu achten. Sie hatte Glück, dass um diese Zeit nichts los war.

Er griff nach seiner Waffe.

"Stehenbleiben!"

Sonja merkte, dass ihre Füße den glatten Asphalt der Straße berührten. Sie verließ sich darauf, dass kein Verkehr kam, und rannte blindlings weiter. Die Sirene übertönte alle anderen Geräusche, aber sie konnte sehen, wie der Sheriff irgendetwas schrie und nach seiner Waffe griff. Sie begriff sofort, dass sie aussah, wie eine Bedrohung und riss ihre Arme hoch. So gut sie konnte, formte sie das Wort Hilfe mit ihrem Mund und betete, dass er nicht schoss.

Sheriff Taylor ließ die Hand am Griff seiner Smith & Wesson, nahm sie aber nicht aus dem Halfter. Er war lange genug dabei, um zu wissen, wie eine verängstigte Person aussah. Die Frau hatte ihre Arme hochgehoben, ihre Augen waren weit aufgerissen und ihr Gesicht war kreidebleich. Sie stellte keine Gefahr für ihn dar. Als sie nur noch wenige Meter von ihm entfernt war, wurde sie langsamer und fing an zu schluchzen. Er fing sie auf, als sie vor ihm in die Knie ging. Die Gruppe auf dem Quickmart-Parkplatz war ihr nicht gefolgt. Stattdessen stiegen die drei eilig in den Truck.

Sheriff Taylor prägte sich das Nummernschild ein, während der Wagen mit quietschenden Reifen davonraste, eine leichte Übung mit seiner jahrelangen Erfahrung. Während er die weinende Frau in seinen Armen hielt, angelte er seinen Schlüssel aus der Hosentasche und stellte die Sirene ab.

Als Sonja die Augen öffnete, war alles um sie herum weiß. Es dauerte ein paar Sekunden, bis ihr Hirn begriff, wo sie sich befand. Sie versuchte, ihre Hand zu bewegen, um sich am Kopf zu kratzen, und geriet in Panik, als es nicht gleich ging. Nein, bitte nicht, flehte sie verzweifelt. Ihre Gedanken schossen in Panik zu den verhassten Handschellen, dann aber merkte sie, dass es nur eine Infusionsleitung war, und sie nahm zum Kratzen zitternd ihre rechte Hand.

Mit einem Schlag war alles wieder präsent. Der Quickmart, der Sheriff, das Krankenhaus. Wie sie unter Tränen erzählt hatte, dass die Frauen sie betäubt und gegen ihren Willen festgehalten hatten, und dass die Kassiererin im Quickmart Lee kannte. Sheriff Taylor hatte sie gelobt und geistesgegenwärtig genannt, dann war irgendwie alles schwarz geworden.

Eine Polizeistreife war direkt zum Haus der merkwürdigen Familie gefahren und hatte sie beim Packen gestört. Hätte die Kassiererin nicht kooperiert oder hätte Sonja mit der Info gewartet, wären Lee und die Mädchen inzwischen über alle Berge.

Der ganze Vorgang war zu Protokoll gegeben und die drei in Gewahrsam. Man informierte Sonja, dass man das Trio wegen Freiheitsberaubung und Verstoß gegen das Betäubungsmittelgesetz angeklagt hatte. Auch war ein kleiner Vorrat an K. O. Tropfen in Lees Haus gefunden worden. Wenn die beiden Mädchen Glück hatten, würde es bei ihnen auf Mithilfe hinauslaufen.

Sonja dachte an das Baby, dass eventuell im Gefängnis geboren werden würde, zwang sich jedoch schnell, an etwas anderes zu denken. Es war bemerkenswert, wie sympathisch ihr die Mädchen trotz allem gewesen waren. Letztendlich musste sowohl Maggie als auch Hermine bewusst gewesen sein, dass man Menschen nicht einfach entführte und in Sonjas Augen waren sie gleichermaßen schuldig, wie dieser Lee. Der Gedanke an diesen Mann ließ sie erneut erschaudern.

Die Tür des Krankenzimmers öffnete sich und eine Schwester trat mit einem Tablett ein.

"Guten Morgen. Frühstück! Ich hoffe, Sie haben Hunger." Gut gelaunt stellte sie es auf den mobilen Tisch am Bett und schob das Ganze näher.

Sonjas Magen knurrte laut und sie musste lachen. Diesmal kam ihre Freude aus tiefster Seele.

The Feeding
Fütterung

(Auszug Filmszene in: *Christopher Ocean BLUE*)

Der Bildschirm des Fernsehers flimmerte leicht und es erschien die erste Szene.

Zwei geschunden aussehende Gestalten kauerten in der Mitte eines leeren und sehr heruntergekommenen Raums. Um sie herum waren nur graue Betonwände. An einer Seite befand sich lediglich ein kleines Fenster, das ein Mindestmaß an Licht hineinließ.

"Wo sind wir hier?" Einer der Männer war im Begriff, die Luke im Boden zu schließen, aus der sie gerade herausgeklettert waren. Der eiserne Gitterrost quietschte unangenehm und ließ einem das Blut in den Adern gefrieren.

"Ich weiß es nicht. Ist doch auch egal, oder? Wir sind endlich heraus aus dem stinkenden Loch! Sieh mal, da ist ein Fenster. Schau mal raus, vielleicht kann man etwas erkennen, aber sei um Himmels willen vorsichtig!" Seine Stimme überschlug sich beim letzten Wort um eine ganze Oktave.

Der andere Mann richtete sich stöhnend auf und ging mit unsicherem Schritt auf die kleine Wandöffnung zu. Das Fenster war zu hoch angebracht, als dass er problemlos hätte hinaussehen können. Zudem war es geformt, wie die tiefgesetzten Fenster in Gewölben, ähnlich denen in alten Kellerwohnungen. Der Zement davor war massiv und der daraus resultierende Abstand zur vermeintlichen Außenwelt betrug fast einen ganzen Meter.

Er stellte sich zuerst auf die Zehenspitzen, bekam aber keinen guten Blickwinkel über den breiten Sims hin.

"Hey Gerson, komm her und hilf mir."

Der andere stand ähnlich beschwerlich auf und ging zu seinem Kumpel, um sich für eine Räuberleiter an die Wand zu lehnen. Anscheinend hatten die beiden Angst, von jemandem entdeckt zu werden, denn die gesamte Unterhaltung lief im Flüsterton ab. Es brauchte einige Versuche, bis die entkräfteten Männer es schafften, eine einigermaßen stabile Position einzunehmen.

Der Mann auf der Räuberleiter versuchte sich mit seinen schwarzen, fast zerstörten Fingernägeln am schrägen Mauervorsprung festzukrallen. Sein Mund stand vor Anstrengung weit offen und man konnte eine Reihe gelblich verfärbter Zähne bewundern.

"So ein Mist. Ich kann nichts erkennen. Das Fenster ist total verdreckt." Der Mann fluchte in vergeblichen Verrenkungen vor sich hin, vergaß darüber hinaus jedoch nicht, dass sein Kumpan sein gesamtes Gewicht trug.

Das Fenster hatte keinen Griff, an dem man rütteln oder sich hochziehen konnte, also gaben die beiden auf und ließen sich ausgelaugt auf den Boden darunter fallen. Während sie dort nach Luft schnappten und versuchten, wieder zu Kräften zu kommen, war im Hintergrund undeutlich ein Kratzgeräusch zu hören.

"Gerson! Was ist das?" Kurt rutschte in Panik rückwärts in die nächste Zimmerecke, um den größtmöglichen Abstand zu dem Loch in der Mitte des Raumes zu bekommen.

"Schhh halt die Klappe!" Gerson reagierte leicht ungeduldig und nahm die Angst des anderen überhaupt nicht wahr. Dieser wimmerte in der Ecke des Raumes nur vor sich hin, voller Angst vor der unbekannten Bedrohung, während Gerson auf allen vieren zu der Öffnung kroch. Das Kratzen wurde lauter und multiplizierte sich sekündlich.

Er starrte angespannt in die Dunkelheit. Plötzlich schreckte er mit einem Jaulen zurück. Zwar riss er sofort eine Hand hoch, um seinen Schrei zu unterdrücken, aber das Entsetzen in seiner Stimme war deutlich. Kurt hatte seinen Kumpel derweil nicht aus den Augen gelassen, und zuckte durch den plötzlichen Ton zusammen, als hätte ihn ein Blitzschlag getroffen.

Das Scharren aus dem Loch füllte den Raum aus, wie der Ton einer Klangschale.

"Das sind Ratten. Unten im Schacht, ich konnte sie sehen, als sie direkt unter dem Loch waren. Dem Geräusch nach zu urteilen müssen es jedoch viel mehr sein. Wie eine Wanderung oder so etwas, als ob sie vor etwas davonrennen." Gerson atmete immer noch schwer, obwohl die Erklärung für das Kratzgeräusch nun gefunden war. Endloses Fiepsen begleitete das konstante Scharren der kleinen Pfoten. "Kurt, wir müssen hier raus!" Das war keine dringliche Bitte mehr, sondern ein in Panik gestammelter Satz.

Gerson kroch auf seinen zusammengekauerten Freund zu, um ihn aus seiner heftig wippenden Sitzhaltung zu lösen. Dieser Kamerawinkel erfasste im gleichen Moment eine Tür im hinteren Teil des Raumes. Sie war verdreckt, wie die Wände auch und auf eine solche Weise in der Wand eingelassen, dass man sie kaum sah. Überrascht starrte erst einer, dann, seinem Blick folgend, der andere darauf, als wäre die Tür gerade erst erschienen.

Die beiden hatten offenkundig drei Ausgänge zur Verfügung, wenn man neben dem verschlossenen Fenster und der Tür das rattenverseuchte Loch mitzählte, aus dem sie entflohen waren. An der Art jedoch, wie Kurt sich nun die schmutzigen Hände vor sein verschwitztes Gesicht schlug, konnte man erahnen, dass der bisherige Weg der beiden keine vielversprechenden Möglichkeiten geboten hatte. Auch die Tür stellte für ihn keine Lösung dar, sondern einen weiteren Leidensweg.

Die Männer sahen furchtbar aus. Die Kleidung war verschmutzt und an Armen und Beinen teilweise zerrissen, die Haare waren wirr verklebt und beide hatten einen starken Bartansatz. Sicherlich rochen sie auch nicht besonders gut.

Kurt konnte Gersons Gedanken fast erahnen.

"Nein, nein, ich kann nicht mehr, bitte. Lass uns eine Weile hier bleiben. Ich habe keine Kraft mehr, ich bin so müde."

"Mann, hör mir zu. Wir müssen weiter. Was auch immer die Ratten antreibt, kommt vielleicht auf die Idee, unseren Schacht hochzuklettern, besonders, wenn es uns hören oder riechen kann!"

Kurt, der für die Dauer des Dialoges kurz stillgehalten hatte, fing nun wieder an zu wippen, diesmal schneller als zuvor. Diese Drohung war das denkbar schlechteste Mittel, um ihm seine Panik zu nehmen. Gerson aber gab nicht auf und versuchte weiter, seinen Kumpan mit allen möglichen Mitteln zu überzeugen.

Leider konnte sogar die Aussicht auf Nahrung ihn nicht locken.

"Vielleicht finden wir da draußen etwas Essbares. Wie lange haben wir schon nichts in den Magen bekommen? Na? Ach, komm schon, Kurt." Kurt aber saß nur zitternd in seiner Ecke und schüttelte den Kopf. Seine Augen waren ganz glasig. Der würde sich so schnell nicht wieder bewegen, dachte Gerson. "Okay. Bleib meinetwegen hier, aber dann werde ich alleine versuchen, einen Ausgang zu finden." Er tätschelte Kurt etwas grob die rechte Wange, denn für Feinheiten hatte er keine Kraft mehr, und rappelte sich langsam auf. Beim Gang zur Tür murmelte er vor sich hin, mehr zu sich als zu seinem Kumpel, "das schaffen wir schon. Wir haben bis hierher durchgehalten. Es kann nicht schlimmer werden." Beim vermeintlichen Ausgang strich er fast bedächtig über den vertikalen Türgriff. Wenn seine Hände nicht schon schmutzig gewesen wären, hätte diese Aktion einen schmierigen Streifen hinterlassen.

Die Tür sah aus wie die eines Bunkers, schwer und widerstandsfähig und dafür gebaut, bestimmte Dinge fernzuhalten. Ein Gefängnis konnte der Raum schon mal nicht sein, dachte er, denn sonst wäre das Fenster vergittert und die Tür ohne einen Griff an der Innenseite. Sicher würde sie verschlossen sein und dann mussten sie versuchen, doch durch das Fenster zu fliehen. Natürlich nicht ohne sich dabei zu verletzten und dann blutend durch die Gegend zu rennen, verfolgt von irgendwelchen Monstern! So jedenfalls ging Gersons Fantasie mit ihm durch.

Der Türgriff gab jedoch dem Druck seiner Hand nach und senkte sich mit einem metallischen Knarren. Gerson lehnte sich mit seinem ganzen Gewicht zurück und zog die schwere Tür, wie in Zeitlupe, einen Spaltbreit nach innen auf. Vorsichtig lugte er durch die Öffnung und sah dahinter einen engen Gang. Die dortige Deckenlampe flackerte unangenehm. Gegenüber und rechts vor ihm war nur eine Wand. Dort ging es nicht weiter, eventuell war das die Außenseite des Gebäudes und sie befanden sich im obersten Stockwerk. Der einzige Weg führte hinunter.

Gerson zögerte. Er wollte nicht alleine gehen, sah jedoch ein, dass Kurt ihm in seinem momentanen Zustand keine Hilfe sein würde.

Er trat durch die Tür und lauschte.

Nichts.

Der Gang führte nach links direkt um eine Ecke herum, die er nicht einsehen konnte. Eine Weile stand er nur da und sammelte seinen Mut. Er sah sich nach etwas um, mit dem er sich im Notfall verteidigen konnte, aber es gab nichts. Zwar hatte jemand ein Geländer angebracht, aber das Rohr war mit starken Nieten in der Betonwand verankert. Ohne Werkzeug konnte er nichts ausrichten. Gerson ging dennoch hin, um daran zu rütteln, aber es wackelte nicht einmal. Er schaute vorsichtig nach links, da er jetzt genau im Gang stand, aber die Sicht war nicht verlockend. Nur einige Meter weiter gingen Stufen in die Tiefe.

Gersons Schultern sackten noch weiter nach unten, wenn dies bei seiner erbärmlichen Haltung überhaupt noch möglich war.

"Verdammt nochmal, ein Treppenhaus." Die Vorstellung, sich vom Tageslicht zu entfernen, behagte ihm kein bisschen.

"Gerson?" Die Stimme seines Kumpans erklang hinter ihm.

Er ging wieder an die Tür zurück und steckte seinen Kopf kurz in dem Raum.

"Es ist alles in Ordnung, Kurt. Hier draußen ist ein Treppenhaus. Ich werde mal schauen, wie weit ich komme. Bleib hier. Wenn ich einen Ausgang finde, komme ich dich holen." Er versuchte ein aufmunterndes Lächeln. Fast wäre es ihm auch gelungen, aber ein leiser Ton hinter ihm ließ ihm das Blut in den Adern gefrieren. Es klang wie ein hohes Summen und schien aus dem Treppenhaus zu kommen. Kurt hatte wieder die Augen zu und schien verhältnismäßig ruhig, Gerson zog also seinen Kopf zurück und drehte sich um. Da er noch an der Tür stand und den Gang nicht mehr einsehen konnte, war die Distanz schwierig einzuschätzen, aber der Ton kam definitiv näher und wurde dadurch auch deutlicher.

Gerson schüttelte seinen Kopf, als traue er seinen Ohren nicht. Es klang wie ein Kind, das eine leichte Melodie vor sich her summte.

Unschlüssig, was er nun tun sollte, stand er an der Tür. Er wusste nicht, ob er ins Zimmer zurückgehen sollte oder es wagen konnte, dem vermeintlichen

Sänger entgegenzutreten. Die Entscheidung wurde ihm allerdings abgenommen, als das Summen verstummte und leichte Schritte zu hören waren. Eine wirklich surreale Situation, aber er war vor Angst unfähig, einen Muskel zu bewegen.

Gerson konnte sich nicht erklären, warum in einer solchen Szenerie nun plötzlich ein Kind auftauchen sollte, aber die Stimme hatte sehr jung geklungen. Bestimmt würde er im nächsten Augenblick von irgendeinem Monster angegriffen werden, dachte er und beobachtete die Ecke des Treppenaufgangs mit absoluter Konzentration.

Ganz langsam zeichnete sich an der Wand ein Schatten ab. Gersons weit aufgerissene Augen wurden noch größer, dann erschien tatsächlich ein kleines Mädchen. Sie blieb an der Ecke stehen, es wäre nur ein einziger Schritt ihrerseits notwendig gewesen, um wieder im Treppenhaus zu verschwinden. Sie sah zu Gerson, ohne ein Wort zu sagen, trotzdem war sie das Unheimlichste, das man sich in dieser Situation vorstellen konnte. Ihre Gestalt war leicht transparent, aber sicher bildete er sich das nur ein und schüttelte erneut den Kopf. Sie musste echt sein, denn er hatte einen Schatten gesehen, aber Gerson traute seiner eigenen Wahrnehmung nicht mehr. Er war nicht imstande, die Situation bewusst zu greifen.

Die Kleine stand weiterhin sehr geisterhaft da und hielt im linken Arm eine Stoffpuppe, aber das war auch schon alles. Weder Gerson noch sie bewegten sich für eine gefühlte Ewigkeit, aber irgendwann drehte das Mädchen sich einfach wieder um und ging ins Treppenhaus zurück. Anscheinend hatte sie das Interesse an dem Mann verloren, der sie so verstört ansah. Der Gesang begann von neuem und Gerson erwachte aus seiner Starre. Er ging an die Treppe und sah ihren transparenten Körper um die nächste Ecke herum verschwinden. Er begann, die Stufen hinunterzusteigen, folgte dem Gesang und ihr, wie hypnotisiert. Jeder Mensch wäre in dieser Situation wahrscheinlich in die andere Richtung gerannt, aber Gerson hatte keine Wahl. Einerseits zog sie ihn wie magisch an, andererseits musst er einen Ausweg finden.

Das Treppenhaus war schwach erleuchtet. Alle paar Meter ragte eine nackte Glühbirne aus einer rostigen Fassung an der Decke und gab Gersons kleinem Abenteuer eine extrem bedrückende Note.

Das Mädchen war nicht mehr zu sehen und der Gesang war verstummt, Gerson bewegte sich aber auch zu langsam, als dass er sie hätte einholen können. Es beruhigte ihn jedoch kein bisschen, dass sie nicht mehr hören konnte, denn wenigstens hatte es ihm die Richtung gewiesen.

Er war bereits drei Stockwerke nach unten gegangen, als die Treppen plötzlich an einer Plattform endeten. Durch eine türlose Öffnung in der Wand sah er einen weiteren Raum. Nach rechts hin schien das Treppenhaus weiterzugehen, jedoch mit dem Unterschied, dass es keine Treppen mehr gab. Für Gersons Augen war lediglich ein dunkler Abgrund zu erahnen, so als ob die Struktur an dieser Stelle entweder komplett eingestürzt oder nicht errichtet worden war.

Auf einmal erwischte ihn ein Luftzug, stark genug, um seine öligen Haare zu bewegen.

"Was ist das für ein Gestank?" Gerson hielt sich automatisch die Hand vor Mund und Nase und schritt vorsichtig weiter.

Zu seiner Linken gab es einen weiteren Durchgang, die Tür so groß wie ein Garagentor, allerdings mit Scharnieren, mit denen man diese zur Seite hin wegschieben konnte. Hinter der Öffnung erstreckte sich eine dunkle Halle, die ihn stark an eine übergroße Scheune erinnerte. Er konnte nichts im Detail sehen, aber der Gestank war an dieser Stelle am beißendsten. Die sensorische Überlastung war so stark, dass er stehen blieb und sich an den Rahmen lehnen musste, um die aufkommende Übelkeit in den Griff zu bekommen.

Der Luftzug kam aus der Halle und ebenso ein Geräusch ähnlich einem voluminösen Rascheln, das er jedoch nicht zuordnen konnte. Sekunden später gewöhnten sich seine Augen an das Dämmerlicht und er erkannte, wie viel Glück er gehabt hatte. Direkt hinter dem Eingang ging es circa drei Meter in die Tiefe. Keine Stufen, keine Rampe, nichts. Einen Schritt weiter und er wäre hinuntergestürzt. Was auch immer dort unten war, er hätte sich bestimmt etwas gebrochen oder schlimmer. Vorsichtig trat er wieder einen Schritt zurück, um sicherzugehen, dass er in seiner Erschöpfung nicht das Gleichgewicht verlor und abrutschte.

Im gleichen Augenblick quietschten die Scharniere eines Tors auf der entgegengesetzten Seite der Halle. An der Decke flackerten Neonröhren auf und im Nu war alles grell erleuchtet. Instinktiv wich Gerson in die Dunkelheit neben der Öffnung zurück, um seine Augen zu schützen. Zeitgleich mit dem Licht ertönten tausend fiepsige Schreie, wie die der Ratten, die er im Schacht gehört hatte. Nur klangen diese nicht ängstlich, sondern um ein Vielfaches lauter und äußerst aggressiv. Es war markerschütternd.

Gerson kniff die Augen zusammen und blinzelte gegen das Neonlicht an, als er vorsichtig um die Ecke spähte. Was er dann sah, war absolut grauenvoll.

Der Boden der Halle war mit Stroh bedeckt und darauf wuselten Tausende von Ratten umher. So viele auf einmal hatte er in seinem ganzen Leben noch nicht gesehen. Was aber noch viel schlimmer war als ihre schiere Zahl, war ihre Größe. Sogar mehrere Meter vom Hallenboden entfernt konnte Gerson erkennen, dass diese Exemplare mindestens so groß waren wie Hauskatzen. Fast alle waren schwarz oder dunkelgrau, nur vereinzelt bewegten sich weiße Exemplare unter ihnen. Diese jedoch waren größer als die anderen und man konnte sehen, wie sie im Gerangel nach links und rechts bissen, um ihre Stellung zu verteidigen.

"Das ist doch nicht möglich!" Er hatte von Abnormalitäten dieser Nagetiere gehört, jedoch immer angenommen, das seien erfundene Geschichten billiger Sensationsblätter. Eine dieser Ratten war schon unfassbar, aber eine Legion von ihnen war haarsträubend.

Dann sah Gerson die Gestalt.

Auf der anderen Seite der Halle stand ein Mann auf einer Rampe, die mehrere Meter an der Wand entlanglief, sodass neben der Hallenwand ein schmaler Fußweg entstand. Die Fläche war auf der gleichen Höhe wie die Öffnung auf Gersons Seite, führte jedoch nicht hinunter zu den Tieren. Die Rampe war eigentlich keine, denn sie endete auf halber Höhe. An der niedrigsten Stelle schloss sie mit einer vertikalen Platte aus Metall ab, die den Ratten jede Möglichkeit auf Durchgang verwehrte.

Der Mann trug einen gelben Schutzanzug und eine Gasmaske. Der dicke Stoff des Anzugs glänzte und schien trotz seiner fröhlichen Farbe sehr unbequem zu sein, denn er bewegte sich recht schwerfällig. Hinter sich hatte er das Tor offengelassen, aber wirklich viel konnte Gerson im Raum dahinter nicht erkennen. Das Licht blendete ihn noch zu sehr. Der Mann zog einen vollbeladenen Stahlbottich auf Rollen bis an das äußerste Ende der Rampe und fing an, die Ladung Stück für Stück in die Halle zu werfen. Jedes Mal, wenn etwas davon auf dem Boden landete, stürzten sich die umliegenden Tiere gierig auf ihr Futter.

Gerson beobachtete die Aktion angewidert und ungläubig, konnte aber nicht genau sehen, was verfüttert wurde. Der Mann im Schutzanzug musste teilweise heftig ausholen, um auch die hinteren Ränge bedienen zu können. Kurz hielt er inne, um zu verschnaufen, und dabei erkannte Gerson das Objekt, das noch in der Hand des Mannes baumelte.

Im ersten Moment wunderte sich Gerson, warum der Mann im Overall Teile von Schaufensterpuppen verteilte. Er bezweifelte, dass die Biester Plastik annagen, geschweige denn sich darauf stürzen würden, aber dann wurde es ihm auf einen Schlag klar: Das war kein Plastik, sondern ein echter menschlicher Arm. Der

Mann hielt die Gliedmaße zudem so, als würde er damit in abartigster Weise Händchenhalten. Die abgetrennte Schulter pendelte gegen das Hosenbein des Mannes, wo ein dunkler Fleck entstand. Scheinbar musste er seinen nächsten Wurf erst planen, aber Gerson hatte genug gesehen ... und gerochen. Ihm wurde übel.

Er drehte sich um und übergab seinen spärlichen Mageninhalt dem Betonboden. Über die Würgegeräusche machte er sich keine Gedanken, denn die Ratten waren laut genug, um ihn zu übertönen. Da er bereits seit Tagen keine Nahrung mehr zu sich genommen hatte, war das meiste, das den Rückzug durch die Speiseröhre antrat nur Magensäure.

Er stand vornübergebeugt und atmete mühsam. Sein Magen krampfte noch, als er sich an die Wand lehnte.

"Ich muss hier weg." Gerson sammelte seine letzte Kraft, um die drei Stockwerke nach oben anzutreten. Einen geeigneteren Ausweg gab es nicht, das Zimmerfenster war wahrscheinlich seine und Kurts einzige Rettung, denn den Versuch diese Halle zu durchqueren würden sie mit Sicherheit nicht überleben.

Im Moment, als er das aussprach, legte sich ein Lichtkegel an die gegenüberliegende Wand und suchte im wackelnden Zickzack den kleinen Raum ab. Gerson vergaß seinen Magen und seine Erschöpfung und stürzte durch den Türbogen auf die Treppe zu. Fast wäre er in seinem eigenen Erbrochenen ausgerutscht, doch mit einem letzten Quäntchen Glück erreichte er die Stufen, ohne zu stürzen. Die drei Stockwerke fühlten sich an wie zehn, aber irgendwann erreichte er die Tür, hinter der Kurt auf ihn wartete. Als er gerade durchgehen wollte, fühlte er ein Beben.

Das ganze Gebäude erzitterte, als irgendein Mechanismus sich in Bewegung setzte und sekündlich lauter surrte. Dieses Geräusch kam ihm merkwürdig bekannt vor. Er ging schnell in das Zimmer hinein und fand Kurt schlafend in der Ecke. Die Tür zog er geistesgegenwärtig zu, bevor er auf seinen Kumpan zustürzte. So minimal sinnvoll diese Aktion auch war, es gab ihm ein klein wenig Sicherheit, eine Barriere zum Grauen quasi.

"Kurt, Kurt, wach auf. Kurt! Wir müssen hier weg." Er schüttelte ihn, aber nur so lange, bis dieser seine Augen öffnete. Dann ließ er von ihm ab und machte sich an dem Gitter des Schachtes zu schaffen. Wenn er es weit genug nach hinten bog, würden die rostigen Scharniere vielleicht nachgeben und er hätte ein Schlagwerkzeug, um das Fenster damit zu durchbrechen.

"Gerson, was machst du da?"

"Wir müssen das Fenster aufbekommen. Das ist unsere einzige Chance!!!" Jetzt klang seine Stimme panisch, aber er konnte es nicht mehr unterdrücken. "Ich glaube, er hat mich gesehen."

"Wer?"

"Der Ratten-Mann."

"Der was?"

"Egal, hilf mir, wir haben keine Zeit. Wir müssen hier weg." Der eindringliche Ton seines Kumpels machte ihn schneller munter, als jeder Kaffee der Welt es getan hätte. Im Nu war Kurt an seiner Seite und stemmte sich mit ihm gegen das Gitter.

Der Brummton des Mechanismus war jetzt auch im Raum zu hören, gefühlt hatte Gerson ihn die ganze Zeit.

"Was ist das für ein Ton? Ist das ein Erdbeben?"

"Ich habe einen Schacht gesehen und zuerst gedacht, es wäre eine eingestürzte Treppe."

"Ja und?"

"Nun, der Schacht, und das Brummen, das du jetzt hörst ... das ist ein Fahrstuhl. Sie kommen, um uns zu holen!"

Das Scharnier des Gitters gab plötzlich nach und brach mit einem lauten Knacken aus seiner maroden Verankerung. Der plötzlich fehlende Widerstand bewirkte, dass beide Männer nach hinten purzelten. Dabei hielten beide das erworbene Utensil noch in den Händen, sodass ihr Sturz fast koordiniert aussah. Gleichsam rappelten sie sich auf und eilten zur Luke.

Kurt riss das Gitter an sich und warf es mit Schwung in Richtung Fenster, wo es das Glas sogar mit einer Ecke traf. Perfekter hätte der Wurf nicht sein können. Es prallte allerdings ab, als wäre es aus Gummi und nicht aus einer stahlharten Substanz.

Gerson konnte sich in letzter Sekunde zur Seite ducken, bevor das Gitter scheppernd neben ihn auf den Boden krachte. Kurt bückte sich sofort.

"Warte!"

"Was?" Kurt starrte Gerson an, genervt von der Unterbrechung.

"Hör mal. Das Brummen. Es hat aufgehört."

Im gleichen Augenblick kratzte außen vor der Tür etwas am Betonboden entlang. Das begleitende Quietschen ließ darauf schließen, dass eine schwere Metalltür aufgeschoben wurde. Gerson erinnerte sich, dass er auf dem Gang vor dem Treppenhaus eine rechteckige Einkerbung in der Wand gesehen, der Linie aber keine weitere Beachtung geschenkt hatte. Eine versteckte Tür! Wo sonst würde der Fahrstuhl denn auch hinführen? Über ihnen war nichts, die Treppen gingen nur nach unten.

"Oh nein." Es war fast gehaucht, Kurt verstand aber sofort und machte keine weiteren Anstalten, das Gitter weiter zu bewegen. Er zeigte fragend auf den Schacht, aber Gerson schüttelte den Kopf. Sie würden nicht genug Zeit haben, um gefahrlos nach unten zu kommen. Im Schacht konnte man sich nur an bestimmten Stellen festhalten und es war einfach zu riskant, denn die Tür konnte jeden Augenblick aufgehen. So schnell wie möglich schlichen die beiden zur Wand dahinter und warteten.

Erst rührte sich nichts. Gerson glaubte schon, dass er sich mit dem Fahrstuhl geirrt hatte, aber dann machte sich jemand an ihrer Tür zu schaffen. Verdammt dachte er und fluchte innerlich ein paar Sekunden lang weiter. Er fühlte, wie die Panik wieder in ihm hochstieg, aber er zwang sich, ruhig zu bleiben, allein schon wegen Kurt.

Die Tür bewegte sich plötzlich zügig nach innen. Sie schwang fast ganz auf, sodass die Männer sich gegen die Wand pressen mussten, um keinen Widerstand zu generieren, dann war es kurz still.

Die Sekunden kamen den beiden vor wie eine Ewigkeit, aber dann warf eine Gestalt ihren Schatten in den Raum und trat ein. Sofort warfen sich Kurt und Gerson mit ihrem ganzen Gewicht auf die gelbe Figur. Gerson konnte nicht mit Sicherheit sagen, ob es der Mann aus der Halle war. Die Gasmaske baumelte zwar vom Gürtel des Schutzanzugs, jedoch waren solche Details in dieser Situation von minderer Bedeutung. Auch achtete Gerson nicht darauf, ob er alleine war, denn sie mussten das Überraschungsmoment nutzen. Mehr blieb ihnen nicht. Weder er noch Kurt sahen zum

Gang hinaus, als sie sich auf den Eindringling warfen und wie wild Prügel verteilten.

Der gelbe Schutzanzug machte es einerseits schwerer, die Schläge wirkungsvoll zu platzieren, andererseits war ihr Opfer dadurch auch weniger agil. Jedes Mal, wenn der Mann versuchte, sich zu drehen, landete entweder Kurt oder Gerson einen Treffer mitten in sein Gesicht. Ihre knochigen Hände stellten unbarmherzige kleine Hammer dar, die alsbald Wirkung zeigten. Erst als der Mann sich nicht mehr rührte und auch das Stöhnen verstummt war, wurde den beiden bewusst, was für ein Glück sie gehabt hatten. Der Mann hätte auch bewaffnet sein können. Seine Hände allerdings waren leer und lagen momentan mit den Handflächen nach unten auf dem Beton. Von ihm ging keine Gefahr mehr aus. Unter seiner Nase hatte sich eine kleine Blutlache gebildet.

"Wir müssen hier raus." Kurt richtete sich auf und starrte erwartungsvoll auf den noch am Boden sitzenden Gerson. Das Adrenalin des Konflikts raste auch durch seine Blutbahn und er folgte dem Beispiel seines Kumpels. Nur wohin sollten sie gehen?

Das Fenster schied aus. Entweder war es zu dick oder sie waren zu schwach, und das Gitter als Projektil daher nutzlos. Ein weiterer Blick auf die Scheibe bestätigte diese Einschätzung. Es war nicht mal ein Kratzer darin. Kurt bückte sich, um den leblosen Körper abzutasten, aber unterhalb des gelben Overalls gab es nichts zu holen. Gerson schnappte sich jedoch den Schlüsselbund, der am Nylongürtel hing. Er wagte es kaum, zu hoffen, dass dies eventuell ein Lichtblick sein könnte, aber Schlüssel waren immer wertvoll.

Mit vereinten Kräften zogen sie den leblosen Mann über den Schacht und ließen ihn kopfüber hineingleiten. Was auch immer dort unten war, würde ihre Spuren verwischen, aber mindestens würde der Sturz den Mann umbringen. Kurt und Gerson konnten mit beiden dieser Optionen sehr gut leben.

Gerson zog die Tür hinter ihnen zu, als sie den heruntergekommenen Raum verließen. Weil sie nach innen aufging, konnte er sie nicht versperren, aber es fühlte sich verdammt gut an, den Ratten-Mann hinter sich zu lassen.

Gerson rang noch mit sich, ob er Kurt von den Riesenratten erzählen sollte, als auf halbem Wege nach unten das ominöse Singen wieder zu hören war.

"Das ist ein kleines Mädchen."

Kurt blieb stehen.

"Ein was?" Ein Radio irgendwo war sicherlich eine logischere Erklärung, dachte Kurt ungläubig. Es war bestimmt nicht der ‚Bring-dein-Kind-zur-Arbeit-Tag‘ im Folterzentrum. Bevor er jedoch etwas Smartes darauf erwidern konnte, erblickte er dasselbe Phänomen, das auch Gerson hatte genießen dürfen. Es gab jedoch einen kleinen Unterschied: Das Mädchen winkte nun bei dem Anblick der beiden Männer und sie gab ihnen Zeichen, ihr zu folgen. Ohne die Reaktion abzuwarten, drehte sie sich um und schwebte gleichsam ätherisch die Stufen hinunter. Dabei sang sie die ganze Zeit.

Gerson dachte erneut, dass sein Gehirn durch die langen Torturen geschwächt, sicherlich Phantasmen generierte. Das Kind konnte auf keinen Fall echt sein, aber Kurt konnte es nun auch sehen. Oder etwa nicht? Ein kurzer Seitenblick bestätigte seine Vermutung. Kurt stand, sich mit der Rechten an die Wand stützend, mit offenem Mund da, und sah den sprichwörtlichen Geist.

Gab es eine andere Erklärung? Hatten ihre Peiniger etwa technische Mittel wie Hologramme zur Verfügung, nur um sie zu fangen? Er griff sich an die Stirn und stöhnte.

"Gerson", Kurt flüsterte und zog ihn gleichzeitig nach vorn, "lass uns ihr folgen. Sie kennt den Weg hier raus."

Jetzt war es an Gerson, große Augen zu machen. Sein Kumpel vertraute der Erscheinung. Derjenige, der immer vor allem Angst hatte. Aber okay. Viele Optionen hatten sie nicht.

Die beiden Männer schlichen dem geisterhaften Kind hinterher, immer darauf bedacht, kein unnötiges Geräusch zu verursachen. Das Singen schien hier scheinbar niemanden anderen zu stören, vielleicht konnten aber auch nur sie es vernehmen. Es sollte ein Mysterium bleiben.

Das Mädchen führte sie den für Gerson bereits bekannten Weg, aber weiter am Schacht vorbei, durch die Öffnung in der Wand und an der Halle vorbei. Das Licht darin war aus, das Geraschel und Gefiepe jedoch waren weiterhin präsent.

Kurt war von dem Mädchen so fasziniert, dass er nicht einmal nachfragte. Der Gestank schien ihn genauso wenig zu stören, während sich Gerson die Hand vor Mund und Nase pressen musste, um sich nicht erneut übergeben zu müssen. Sie folgten ihr durch eine weitere Öffnung, die er vorher im Halbdunkel übersehen hatte, und ärgerte sich sofort. Ekel hin oder her, er hätte diesen Durchgang sehen müssen.

Der weitere Weg führte durch einen engen Gang, der irgendwann nach links abknickte. Stellenweise waren vergitterte Industrielampen angebracht, aber die Männer stolperten trotzdem alle paar Meter, weil das Licht nicht in jede Ecke reichte. Der Boden war uneben und es lag allerlei Schutt im Weg, auch war es heiß und stickig. Von einer Hölle in die nächste dachte Gerson zerknirscht. Wo waren sie hier bloß? Lange würden sie nicht mehr durchhalten. Sie waren beide so erschöpft, dass sie sich nicht mal mehr Gedanken machten, warum sie einem Geist folgten. Kurts Euphorie war besorgniserregend. Wahrscheinlich hatte er bereits den Verstand verloren, sorgte sich Gerson im Stillen.

Plötzlich gab es einen lauten Knall und die Lichter flackerten, dann noch einen. Gerson und Kurt starrten sich erschrocken an und blieben horchend stehen. Vom Mädchen war nichts mehr zu sehen, aber einige Meter weiter befand sich eine Tür.

"Die Schlüssel!" Kurt, der erfolglos an der Tür zerrte, wurde ungeduldig und bedeutete Gerson, sich zu beeilen. Dieser zog den Bund aus seiner Hosentasche und reichte ihn weiter.

Es brauchte ein paar Versuche, denn Kurts Hände zitterten wie Espenlaub, aber der dritte Schlüssel passte. Als sie hindurch waren, schloss Kurt ab. Falls der Mann im gelben Overall Freunde hatte, würden sie es ihnen nicht leicht machen, ihnen zu folgen. Er drehte sich um und wollte loslaufen, stieß allerdings direkt mit Gerson zusammen.

"Was machst du? Warum gehst du nicht weiter?" Er rieb sich sein Kinn, das gegen die Schulter seines Kumpels geprallt war.

"Da sieh! Noch mehr Stufen!"

Kurt folgte seinem Blick. Vor ihnen befand sich ein weiteres Treppenhaus, diesmal ging es nach oben.

"Das kann unsere Rettung sein." Kurt war müde. Gerson war müde, aber die Hoffnung gab ihnen Kraft.

Dieser Bereich war anders. Viel neuer, besser instandgehalten als der, den sie verlassen hatten. Das war aufmunternd, barg aber auch die Gefahr, jemanden anzutreffen. Die Männer erklommen die Stufen, langsam aber stetig. Es führten keine weiteren Gänge vom Treppenhaus weg, es ging nur nach oben.

"Das sind bereits sechs Stockwerke gewesen." Gerson schnaufte und war außer Atem. Kurt grunzte einige Stufen weiter oben etwas, aber es war kaum verständlich. Er bog um eine weitere Ecke und man hörte einen leichten Plumps. "Kurt? Kurt!" Gerson fand seinen schwer atmenden Kumpel auf einer Plattform vor einer Gittertür und ließ sich neben ihm nieder.

"Du hast die Schlüssel, Mann." Minutenlang bewegte sich jedoch keiner von beiden auch nur einen Zentimeter. Die frische Luft, die durch das Drahtgeflecht kam, war himmlisch. Sie atmeten den vermeintlichen Duft der Freiheit.

Hinter der Tür erstreckte sich eine Fläche, wie man sie meist auf Dächern sah oder bei Ausgucken. Der Himmel war bedeckt und etwas weiter weg waren dunkle Rauchschwaden zu sehen.

Als Kurt sich am Schloss zu schaffen machte, verlagerte er dabei sein Gewicht auf die Klinke und die Tür sprang ohne weiteres auf.

"Das war leicht." Ein überraschter Lacher entwich ihm.

Die Männer traten auf die Betonfläche und sahen sich um. Der Platz war viereckig und an jeder Seite nicht länger als 10 Meter. Sie waren tatsächlich auf einem Turm. Auf dem gesamten Bereich gab es kein Geländer, daher hatten sie nicht gleich verstanden, dass sie so hoch oben waren. Wer machte denn sowas? Das war doch gefährlich! Ganz an den Rand trauten sie sich nicht, aber auch so sah Gerson das Ausmaß ihrer Lage.

Der Turm befand sich auf einem großen mit einer hohen Mauer umgebenen Areal. Er stand fast mittig, also war in jede Richtung uneingeschränkte Sicht. Auf einer Seite erkannte Gerson das Dach der langgezogenen Halle. Von dort führten mehrere, teilweise überdachte Wege in kleinere Gebäude und weitere Hallen in verschiedenen Größen.

"Sieh mal!" Gerson drehte sich zu Kurt, der auf einen Platz zeigte, von dem die Rauchschwaden aufstiegen. Als der Wind etwas drehte, roch es leicht holzig und irgendwie nach verbranntem Fleisch. Als der Qualm aus dem Schornstein wieder die Richtung wechselte, gab er die Sicht auf eine tiefe Grube frei. Gerson erkannte einen Haufen Körper darin.

"Oh nein!" Kurt ging vor Verzweiflung in die Knie, obwohl sein Freund sofort an seine Seite kam.

Gerson konnte sich keinen Reim darauf machen. Woher kamen diese vielen Leichen?

Plötzlich hörten sie Schritte. Sie kamen aus dem Treppenaufgang und wurden immer lauter und schneller.

"Gerson, was machen wir jetzt? Hier können wir uns nirgendwo verstecken."

Sie hatten es so weit geschafft, sie waren so weit gekommen und hatten sogar schon Hoffnung geschöpft. Hoffnung auf eine Erlösung. Ein Dasein ohne Folter und Schmerzen. Alles verpuffte in dem Augenblick, als drei Männer in gelben Overalls auf die Plattform stürmten. Es verpuffte, wie der Rauch der brennenden Kadaver.

"Schau an. Die beiden sind noch am Leben."

"Hätte ich echt nicht gedacht. Respekt." Der dritte Mann wischte sich mit dem Handrücken über seine blutverschmierte, nun etwas schiefe Nase.

Gerson musste schlucken. Irgendwie hatte der Typ es aus dem Schacht heraus geschafft, aber sie hatten ihn übel zugerichtet. Bedanken würde er sich dafür bestimmt nicht. Als er sprach, klang es etwas undeutlich.

"Diese beiden werde ich nicht in kleine Stücke hacken. Diese beiden kommen lebend zu meinen Lieblingen." Seine Freunde stimmten mit schallendem Gelächter zu.

Kurt und Gerson sahen sich gegenseitig in die Augen und suchten instinktiv die Hand des anderen. Es gab eine Erlösung. Von Riesenratten zerrissen zu werden war keine.

So schnell sie konnten, richteten sie sich auf und traten an den Rand. Bevor die drei fluchenden Männer sie erreichen konnten, hatten sie bereits die Augen geschlossen und sich der einzigen Rettung ergeben, die ihnen geblieben war.

Ein wunderschöner kindlicher Gesang begleitete sie.

The Mountain
Der Riese

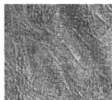

Es war kaum zu glauben, dass wir noch lebten.

Ich hatte uns schon gesehen, wie wir entweder in eine der Schluchten rutschten oder die Schotterstraße herunterrollten, die wir gerade erst erklommen hatten. Vor wenigen Augenblicken hatte der Untergrund gebebt, als würde die Welt enden. Alles um uns herum schwankte, gefolgt von einem markerschütternden Dröhnen, das tief aus der Erde kam, aber ich stand noch. Sabi, mein Weggefährte, hatte das Gleichgewicht verloren, fand sich aber sonst wohlbehalten auf seinen Knien wieder.

Wir sahen uns um. Das Beben war vorbei, alles war wieder friedlich, sogar das Federvieh sang wieder. Keines der Gebäude in unserer Nähe schien Schaden genommen zu haben. So heruntergekommen und verfallen, wie sie waren, grenzte es sogar an ein Wunder, dass sie dem Wind in dieser Gegend standhielten.

Diese spärlich bewohnten Gefilde hatten einen unheimlichen Ruf, aber dieser Grad der Unversehrtheit grenzte meiner Meinung nach an Magie. Ich war mir nicht sicher, ob außer Vögeln und anderem Getier überhaupt jemand auf diesem verwunschenen Berg lebte. Direkt vor uns ragte ein altes Gemäuer in den

Himmel, aber auch dort war nicht der kleinste Stein weggebrochen. Im Grunde hätte davon nur ein Haufen Geröll übrig sein sollen.

Man hörte viel über diesen Berg. Ein Berg, der von Zeit zu Zeit verschwand und danach immer ein wenig ortsverändert lag, aber es war genau diese Legende, die uns dazu getrieben hatte, dieses Abenteuer überhaupt in Angriff zu nehmen. Ich hatte dem Hörensagen jedoch nie Glauben geschenkt. Ein Berg, der einfach verschwinden konnte! Es war wahrscheinlicher, dass die abergläubischen Menschen in diesen Ländereien einfach außer Acht ließen, dass bestimmte Naturphänomene, wie Nebel, Vulkanausbrüche, oder ähnliches, einen Berg verdecken konnten, auch über Wochen hinweg. Da die Berichte aber nicht enden wollten, hatte ich mich letztendlich entschieden, dem Geschehen auf den Grund zu gehen, wenn auch nur, um eine wissenschaftliche Erklärung darlegen zu können. Dies hatte mich und Sabi hergeführt.

Mein Name ist Faris Antun. Meine Wenigkeit stammt aus einer langen Reihe von Forschern, die sich mit außerordentlichen Dingen beschäftigen. Mein bürgerliches Leben bestreite ich als Professor der Naturwissenschaft. Ich empfinde mein Erbe als Berufung, mehr sogar, als meine tägliche Lehrerarbeit.

Wir waren noch im Morgengrauen aufgebrochen, daher befanden wir uns zur Frühstückszeit bereits auf einer beachtlichen Höhe. Der bisherige Aufstieg war nicht sonderlich schwierig gewesen. Es ging zwar stetig bergauf, aber ohne starkes Gefälle. An unseren Schuhen klebten Lehm und Dreck von einem Untergrund, der mich an grobes Leder erinnerte. An einer Stelle hatte ich eine Probe nehmen wollen und etwa eine Handbreit tief gegraben, aber hervor kam eine rissige Lehmkruste, die sich kaum abtragen ließ. Ich war nur mäßig erfolgreich. Ich schabte innerhalb der tiefen Risse, wo das Erdreich weicher wurde, war mit diesem Ergebnis allerdings unzufrieden, wollte ich doch die Zusammensetzung der Oberfläche studieren.

"Sabi, lass uns hier rasten. Wir haben uns nach diesem Schreck ein gutes Essen redlich verdient."

"Sayid, ich bin ganz Ihrer Meinung. Dort bei dem Gemäuer sehe ich ein passendes Fleckchen, an dem wir es uns gemütlich machen können."

Wir hatten den beruhigenden Beweis, dass die Wände bei einem Erdbeben standhaft blieben, also folgte ich meinem Assistenten. An dieser Stelle war zudem ein passender Ort, um meine stündlichen Vermessungen vorzunehmen, mit denen ich beweisen wollte, dass der Berg seine Position tatsächlich nicht veränderte.

Von hier aus hätte man einen guten Ausblick auf das Tal haben können, allerdings hingen Dunstwolken an jedem Abhang und versperrten uns die Sicht. Ich hielt an der Hoffnung fest, dass es gegen Mittag aufklaren würde, denn meine Messungen mussten regelmäßig erfolgen und die merkwürdige Wetterlage erschwerte den Umgang mit den Geräten.

An unserem Rastplatz sah man die Form des Bergplateaus ausnehmend gut. Auch meine Hoffnungen erfüllte sich, denn die Sicht war kurze Zeit nach unserem Mahl ausreichend für meine Messungen. Hinter dem Fels ging es steil hinunter und die Klippe erstreckte sich, soweit der Blick reichte. Wir befanden uns am Rand des weitläufigsten Höhenrückens. Es würde wohl die Hälfte einer Stunde dauern, um an das andere Ende der Ebene zu gelangen. Hiernach gab es nur noch einen einzigen Anstieg, dann würden wir den Gipfel erreicht haben. Das Tal dahinter war unerforschtes Gebiet, hauptsächlich, weil es reiner Sumpf war. Ich konnte die Aussicht darauf jedoch kaum erwarten.

Der letzte Aufstieg war der Steilste. Unsere Ausrüstung wurde immer schwerer und unsere Muskeln immer müder. Die karge Natur wich dichtem Baumwuchs und das Dickicht war stellenweise so undurchdringlich, dass wir mit unseren Macheten Schwerstarbeit leisten mussten, um wenige Meter zurückzulegen. Dadurch sahen wir das burgähnliche Gebäude erst, als wir wenige Armlängen entfernt vor seiner Mauer standen.

Wir umrundeten es erst linksherum. Das allerdings brachte uns in ungeheuere Gefahr, da es direkt an einem steilabfallenden Hang lag. Sabi ging voran und rutschte mit einem Fuß so unglücklich ab, dass er sich an der Mauer festhalten musste, um nicht hinabzustürzen. Leider opferte er dabei seine Machete, die er in letzter Sekunde losließ, um sein Leben zu retten. Aus meinem Blickwinkel allerdings war er von einem Moment auf den anderen verschwunden. Ein großes Gewächs versperrte mir noch die Sicht auf die Mauerecke und fast wäre ich seiner Machete in den Abgrund gefolgt. Gott sei es gedankt, dass sich Sabi trotz des Schreckens meiner Nachfolge bewusst war und einen Warnruf ausstieß.

"Vorsicht, Sayid!"

Mein Herz blieb fast stehen, als ich meinen treuen Assistenten dem Tode so nahe erblickte. Ich half ihm sofort und zog ihn in Sicherheit. Danach saßen wir minutenlang mit pochenden Herzen an die Mauer gelehnt und harrten aus, bis sich unser Atem beruhigt hatte.

"Sabi, nun werde ich vorangehen. Ich denke, dass uns nicht nochmal das gleiche Schicksal ereilt. An der rechten Seite wird wohl der erhoffte Eingang sein."

"Aber Sayid!"

"Mach dir bitte keine Sorgen, ich verspreche, mit Vorsicht zu schreiten." Ich wusste den Einwand meines

Assistenten sehr zu schätzen, allerdings hatten wir nun nur eine Machete und meine würde ich nicht aus der Hand geben. Es war eine formidable Waffe und gleichsam ein Kunstwerk. Der Griff aus Elfenbein und mit Gold verziert, die Klinge aus Himmelseisen geschmiedet. Es war die Machete meines Urgroßvaters und ich hütete sie wie meinen Augapfel. Wäre ich an Sabis Stelle gewesen, hätte ich sie womöglich nicht losgelassen, um mich zu retten. "Denke daran, der Rückweg wird weniger beschwerlich. Wir haben uns bereits einen Pfad freigeschnitten."

Sabi ließ mich gewähren. Als wir die Mauer gegen den Uhrzeigersinn umrundeten, musste ich vor mich hin lächeln. Er war ein guter Mann. Ein treuer Gefährte, immer auf mein Wohl bedacht. Das war auch gut so, denn es gab Momente, da wollte ich mit meinem Dickkopf durch Wände, die sogar für mich undurchdringlich waren.

Die gesuchte Öffnung war schnell gefunden, allerdings war das Tor darin verschlossen. Von ihm aus führte ein überwucherter Steinpfad zurück ins Dickicht.

"Was suchst du, Sabi?"

Er schien nach irgendetwas Ausschau zu halten.

"Einen Stein, Sayid. Das Tor ist morsch, es wird ein Leichtes sein, es zu öffnen."

Hier war zwar keine Menschenseele, aber war es uns erlaubt, einfach einzubrechen? War es das richtige Tun, auch wenn dieser Berg augenscheinlich verlassen war? Da mir nicht wohl dabei war, wies ich Sabi an, innezuhalten. Ich wollte entlang der Mauer nach einem anderen Weg suchen, um sicherzugehen, dass dies wirklich unsere einzige Möglichkeit war. Ob verlassen oder nicht, das alte Gemäuer war in vergangenen Zeiten jemandes Heim gewesen. Wenn ich bei meiner Erkundung wieder auf einen Abhang stieß, würde ich Sabi gewähren lassen, denn dann wäre der Weg durch das Gebäude unsere einzige Route zum Gipfel. Ich fand allerdings noch etwas Besseres: eine eingefallene Stelle im Mauerwerk.

Meine Neugierde trieb mich noch bis an das Ende der Mauer, wo in der Tat eine Böschung in die Tiefe führte. Die Nähe zu so viel Leere ließ mich erschaudern. Auf dem Rückweg löste sich das unangenehme Gefühl der Höhenangst auf und wandelte sich in Bewunderung für die Erbauer. Was für eine geniale Überlegung, derart den Weg zum Gipfel zu versperren! Eventuell war dies eine Station für Reisende gewesen, die eine Steuer für den Durchlass verlangt hatte. Fürwahr ein sehr interessanter Gedanke! In meinen Recherchen hatte ich allerlei Unsinniges über diesen Berg gehört, jedoch keine Fakten aus historischer Sicht erfahren. Bestimmt würde das Innere uns weitere Einblicke ermöglichen.

Ich ging an der eingefallenen Stelle vorbei zurück zu Sabi, der bereits vor einem ansehnlichen Haufen Steine saß, aber ich konnte im Boden keine leeren Stellen entdecken. Sabi, mein findiger Assistent. Als ich mich an seiner Seite niederließ, reichte er mir einen Becher Wasser zur Erfrischung.

"Haben Sie etwas gefunden, Sayid?"

"Sabi, es gibt schlechte Nachrichten." Seine Augen leuchteten auf. Er glaubte, ich würde ihm nun mitteilen, dass er das Tor mit den Steinen öffnen durfte. Ich lächelte sanft. "Es wird keine Gewalt notwendig sein. Wir können uns unsere Kräfte bewahren. Ein Stück in diese Richtung ist die Mauer eingebrochen und wir werden mit Leichtigkeit hineinkommen." Während meines Berichts war die Begeisterung aus seinem Blick gewichen, aber auch er wusste, dass uns jede gesparte Mühe zugutekommen würde.

Die offene Stelle in der Mauer war schnell wieder erreicht und wir sahen uns um. Ich verfolgte zuerst unseren Weg von außerhalb der Mauer auf der Innenseite und fand das verschlossene Tor. Es gab lediglich einen Balken, der quer über die Fläche zur Versperrung diente, kein weiteres Schloss. Von innen also problemlos zu öffnen. Ich machte diese Stelle zu meinem Ausgangspunkt und kartographierte in meinem Notizbuch jede neue Mauer und Abzweigung.

Gleich hinter dem Tor befand sich der Innenhof. Er wurde durch drei verschiedene Gebäude eingerahmt. In jedes führte eine Tür, keine davon verschlossen und, wie ich an den Fenstern erkennen konnte, besaß jedes Gebäude drei Stockwerke.

Ich betrachtete meine Notizen. Die Zeichnung auf dem Papier zeigte etwas grob eine Raute. Die stumpfen Winkel berührten gemäß meinen Berechnungen die Stellen, an denen wir außen nicht weitergekommen waren: Die beiden Abhänge. Das verschlossene Tor war in einem der spitzen Winkel eingelassen. Der gegenüberliegende Winkel musste folglich das Ausgangstor beherbergen, welches von meinem Standort im Hof nicht sichtbar, aber höchstwahrscheinlich durch eines der Gebäude zu erreichen war.

Als ich von meinen Notizen aufsah, sah ich, wie Sabi aus einem der Gebäude auf mich zustürzte. Wo nahm er nur diese Energie her? Ich war bereit für eine ausgedehnte Pause und der Mann rannte.

"Sayid! Sayid! Dort oben ist jemand!" Er kam bei mir an, wiederholte den Satz immer wieder und gestikulierte dabei aufgeregt. Seine Fassung derart zu verlieren war sonst nicht seine Art. Ich wunderte mich zwar auch, dass wir nicht alleine waren, aber schließlich befanden wir uns hier, andere Besucher waren somit keine Unmöglichkeit.

"Sabi, beruhige dich. Wo sind denn diese Menschen?"
Mein Blick folgte seinem ausgestreckten Arm zum
Haus, aus dem er gekommen war. Dann machte mein
Assistent etwas, das er nie zuvor getan hatte: Er griff
mich an meinen Schultern. In unserer Kultur ist
Körperkontakt zwischen Arbeitskollegen sehr
untypisch. Ich stutzte etwas, zwang mich jedoch, ruhig
stehenzubleiben. Während er mir eindringlich in die
Augen sah, sprach er mit angsterfüllter Stimme.

"Sayid, das sind keine Menschen."

"Was sind es dann, Sabi?"

"Geister."

Als er das kaum mehr hauchte, als sprach, hätte ich
aufgrund seiner überzogenen Dramatik fast losgelacht,
allerdings bewahrten mich seine Augen vor dieser
Beleidigung. In seinem Blick stand die Angst so klar,
wie seine Gestalt vor mir.

"Sabi, mein Guter. Denke daran, warum wir hier sind.
Wir sind Vertreter der Wissenschaft, Forscher. Wir
wissen beide, dass es Geister nicht gibt." Ich versuchte,
langsam und in einem tiefen, beruhigenden Ton zu
sprechen, obwohl er mich immer noch festhielt.
Sekundenlang sahen wir uns in die Augen, dann wurde
sich Sabi der Situation gewahr und ließ mich los.

Er machte einen großen Schritt von mir weg.

"Verzeihen Sie, Sayid." Er senkte sein Haupt in
Scham. Ich überging die Entschuldigung, denn mir ließ

sein emotionaler Ausbruch keine Ruhe. Ich bat ihn, mir im Detail zu schildern, was er gesehen hatte, und er tat mir den Gefallen. "Ich habe die Stufen im Gebäude dort drüben erklommen und mich umsehen wollen, solange das Sonnenlicht günstig war. Während ich mir alles ansah, bemerkte ich aus den Augenwinkeln eine Bewegung. Als ich mich jedoch umdrehte, gab es nichts zu sehen. Das passierte ein paar Mal, bis vor meinen Augen die Gestalt eines älteren Mannes von einem Raum in den anderen wechselte. Sein plötzliches Erscheinen direkt vor mir ließ mich zusammenfahren, aber er beachtete mich nicht. Sobald ich mich gefangen hatte, stürzte ich ihm hinterher in einen Raum ohne weiteren Ausgang. Darin waren nur alte Möbel und kein Ort, an dem er sich hätte verstecken können."

Während Sabi sprach, suchte meine logische Art nach einer Erklärung, wie zum Beispiel das Vorhandensein einer Geheimtür. Alte Gemäuer hatten gelegentlich solche architektonischen Meisterwerke und diese Ausgänge waren oft gut verborgen. Warum aber sollte sich jemand einen solchen Streich mit dem guten Sabi erlauben?

Dieser sah mich fragend an, als er mein Kopfschütteln bemerkte.

"Das hatte nicht dir gegolten. Ich versuche lediglich, eine Erklärung zu finden. Lass uns doch gemeinsam hinaufgehen und diesen eigentümlichen Herren suchen. Was sagst du?" Die Tageszeit war schnell vorangeschritten und bald würde es dunkel sein. Wir mussten uns nach einem Nachtlager umsehen. Eine Nacht unter freiem Himmel mochte abenteuerlich klingen, allerdings zog ich es vor, keine Bekanntschaft mit den wilden Tieren zu machen, die auf diesem Berg hausten. Ihre Laute hatten wir beim Aufstieg reichlich vernommen. Sabi zögerte, als ich mich erhob, also spornte ich ihn weiter an. "Wir suchen uns derweil auch eine Stelle zum Übernachten."

Entweder hatte Sabi seine Geistertheorie verworfen oder er fühlte sich in Gesellschaft besser, zumindest gab er mir keine Widerrede. Ich zündete vorsorglich eine der mitgebrachten Laternen an, denn die Sonne war im Begriff, hinter der hohen Mauer zu versinken. Sabi trug eine Zweite, ließ diese jedoch dunkel. Vorerst wollten wir unsere Ressourcen schonen.

Die Stufen waren aus Stein und unregelmäßig abgenutzt. Ich schritt vorsichtig und maß jede meiner Bewegungen in der düsteren Umgebung. Das Licht der Laterne flackerte etwas und ich war darauf bedacht sie so zu halten, dass auch Sabi gut sehen konnte. Es wäre ärgerlich, die Reise wegen einem verdrehten Fuß abbrechen zu müssen, waren wir doch so nah am Gipfel.

Es waren unauffällige Räumlichkeiten, allerdings gefüllt mit Mobiliar. Das hatte ich wahrlich nicht erwartet. In einem so alten Gemäuer wohnliche Zimmer zu finden, war äußerst ungewöhnlich. Es war alles da: Schlafzimmer, Wohn- und Essbereich und diverse andere kleine Gemächer. Mir fiel zu Sabis Leidwesen leider nichts weiter auf. Er verlor kein weiteres Wort darüber, hielt allerdings auch nicht inne, sich immerwährend umzusehen.

Wir suchten uns ein bequemes Plätzchen und bereiteten unser Abendessen und Nachtlager vor. Kurz, nachdem die Sonne untergegangen war, wurden mir bereits die Lider schwer und ich sank schnell in eine andere Form des Bewusstseins. Die Träume, an die ich mich beim Aufwachen erinnern konnte, handelten ausschließlich von wilden Tieren, die uns durch das Dickicht jagten. Kein sehr erquickender Schlaf. Ironischerweise war auch mein Weckruf ein lautes Jaulen von draußen. Unser Zimmerfenster hatte kein Glas und das langgezogene Heulen hatte uns beide in Sekunden aufrecht. Die Sonne war noch nicht aufgegangen, aber die Dämmerung war recht nahe, denn ich konnte die Umrisse des Fensterbogens erkennen. Das Heulen aus dem Dickicht verstummte, gleichsam in meinem Traum, wie in der Wirklichkeit.

Sabi machte sich daran, die Laterne anzuzünden. Als der erste Schein den Raum erleuchtete, passierte etwas, das ich zeit meines Lebens nie wieder vergessen werde. In der Türöffnung stand eine Gestalt. Ich konnte meinen Blick nicht abwenden, trotz der tiefen Furcht, die mich urplötzlich ergriff. Das Licht gewann an Kraft und gleichzeitig schwand sie mir aus den Knochen. Sabi schrie laut auf, als er den alten Mann dort stehen sah. Diesmal bewegte er sich nicht. Er stand einfach da und starrte uns an, aber sein Gesichtsausdruck war nicht furchterregend. Die unnatürliche Transluzenz seines Körpers war es, die mir alle Haare zu Berge stehen ließ. Das Licht unserer Lampe schien durch ihn hindurch und beleuchtete die Wand hinter ihm. Es war surreal und gleichzeitig unheimlich.

Lange geschah absolut nichts, wenn man nicht dazu zählt, dass wir vor Angst kaum einen klaren Gedanken fassen konnten. Eine solche Begegnung lässt einen Menschen an vielem zweifeln, das er zu glauben gewusst oder gehofft hatte. Zur Menschlichkeit gehört allerdings auch, dass sich der Verstand schnell an neue Begebenheiten gewöhnt, um sich zu schützen. Da nach der Entdeckung dieser Erscheinung nichts mehr geschah, beruhigten wir uns hinreichend, um den nächsten Schritt zu wagen. Ich hätte den Mann gerne angesprochen, allerdings graute es mir davor, dass er dann etwas Unerwartetes tat.

Stattdessen flüsterte ich Sabi zu.

"Ist das der gleiche Mann, den du gestern Abend gesehen hast?" Mein Assistent nickte. Dabei nahm er seinen Blick nicht von der Tür.

In unserer selbstauferlegten Pattsituation hatte ich Zeit, mir den Besucher gründlich anzusehen. Seine Kleidung, auch in der durchsichtigen Form, war nur leicht anders als unsere. Er war gekleidet wie ein Bauer aus dem letzten Jahrhundert, mit einer derben Stoffhose, dunkel und an den Knien ein wenig abgenutzt, einem hellen Leinenhemd und dicker, zu der Hose passender, Arbeitsweste. Um den Hals kleidete ihn ein grünes Tuch. Interessant war, dass er weder Socken noch Schuhe anhatte.

Auf einmal schlug sein Gesichtsausdruck um. Von starr und gleichgültig zu traurig und auf eine bestimmte Weise sogar flehend. Eine plötzliche Bewegung seinerseits ließ Sabi und mich erschaudern, jedoch war sie keinesfalls bedrohlich. Er hatte beide Arme nach vorn gestreckt, Handflächen parallel zueinander, die typische Pose eines Bittstellers. Auf diese Weise verharrte er einige Sekunden und drehte sich dann weg, um im Gang zu verschwinden. So schnell ich konnte, zog ich mein Schuhwerk an, griff meine Machete und stürzte hinterher.

"Sayid, nein! Bleiben Sie hier!" Jede Erklärung, die ich ihm für mein Verhalten geben konnte, hätte mir allerdings wertvolle Zeit geraubt. Es konnte gut sein, dass ich den geisterhaften Mann nicht mehr finden würde, aber ich wollte es versuchen. Ich tröstete Sabi mit einem raschen "Vertraue mir", und rannte in den Gang.

Zu meinem großen Erstaunen sah ich den Mann im Treppenaufgang stehen. Erwartet hatte ich an dieser Stelle nur mein dramatisches Eintreffen im Selbigen, die Machete schwingend, ohne weitere Folgen. Sicherlich wäre der Geist verschwunden, wie bei Sabi und ich wäre erleichtert gewesen.

Der Mann sah mich an. Wartete er auf mich? Tatsächlich setzte er sich wieder in Bewegung und begann, hinunterzugehen. Ich folgte und es war ein Wunder, dass ich nicht stürzte, denn ich achtete auf nichts, außer auf die Gestalt vor mir. Wir erreichten den Hof, der Mann stets einige Schritte vor mir.

Dank des vorangeschrittenen Morgengrauens bot sich mir dort ein Bild, das ich an diesem Morgen wahrhaftig grauenvoll fand. Vor mir standen circa zwanzig Wesen, gleichsam geisterhaft wie der Mann, der mich geführt hatte. Eine tiefe Beklommenheit fuhr mir in die Glieder. Konnte dies eine List sein? Hatten Geister das Vermögen, einem Sterblichen Schaden zuzufügen? Ich zwang mich, ruhig zu atmen. Mein Gefühl sagte mir, dass mir diese Geister kein Leid wünschten, aber was wollten sie dann von mir? Und wie konnte ich es herausfinden? Ich war mir nicht einmal sicher, ob Kommunikation möglich war.

"Liebe Leute verzeiht uns unser Eindringen. Keinesfalls hatten wir beabsichtigt, eure Gemeinschaft zu stören." Meine zittrige Stimme wurde mit jedem Wort fester. "Darf ich euch einen Dienst erweisen? Was auch immer es ist, ich werde ..." Weiter sprach ich nicht, denn eine Gestalt löste sich aus der Mitte der Menge und hob seine Hand, wie um meine Rede zu unterbrechen. Ich vernahm zudem ein leises Gemurmel aus den Reihen. Töne? Von Geistern? Das war unglaublich! Mein Herz schlug schneller. Auch wenn ich keine einzelnen Wörter ausmachen konnte, war ich dennoch begeistert.

Der Mann senkte seine Hand und kam auf mich zu. Er trug ein langes Gewand und wirkte dadurch etwas vornehmer als zum Beispiel der bäuerliche Geist. Er nickte und wies mit der Hand hinunter auf meine Waffe. Ich stellte sogleich die Verbindung zu meiner Offerte her, aber welchen Dienst konnte ich mit meiner Machete tun? Ich bot sie ihm an, aber er schüttelte langsam den Kopf. Dabei wiegte sich sein langer Bart bedächtig von einer Seite auf die andere. Es erinnerte mich ein wenig daran, wie man Kindern gegenüber agierte, wenn man ihnen geduldig etwas erklären wollte. Der Mann zeigte auf das verschlossene Tor hinter ihm. Dann faltete er seine Hände, wie zu einem Gebet oder Gruß und verneigte sich vor mir. Eine ehrfürchtige Geste.

Konnte es eine solch einfache Handlung sein? Die Öffnung eines Tores? Es entbehrte einer gewissen Logik, dass Geister keine Macht über körperhafte Objekte hatten, aber konnten sie sich aus dem gleichen Grund nicht ungehindert bewegen? Wenn ich mir schon über Geister und ihre Gewohnheiten Gedanken machte, dann musste ich auch in Erwägung ziehen, dass es hierfür überirdische Gründe geben konnte. Mein wissenschaftliches Gehirn war vorübergehend entthront, aber meine Machete würde ich hierfür nicht benötigen.

Um zum Tor zu gelangen, musste ich durch die Geistermenge hindurch. Würden sie zur Seite gehen oder aus feinstofflichen Gründen kein Hindernis darstellen? Bei der Vorstellung erschauderte ich. Als hätten sie meine Gedanken geahnt, gaben sie eine Gasse frei, sobald ich mich in Bewegung setzte und in Richtung Tor marschierte. Unter dem Bogen angekommen, drehte ich mich, einem Gefühl folgend, um und entdeckte auf der anderen Seite des Hofes meinen treuen Sabi im Aufgang des Gebäudes. Sein Gesichtsausdruck war starr, wie auch seine Körperhaltung. Da er mich ansah, hob ich meine Hand leicht, um ihm zu signalisieren, dass er bleiben sollte, wo er war. Er nickte unmerklich.

Ich fuhr in meiner Mission fort und begann, die Versperrung zu lösen. Der Querbalken war schwer und lange nicht mehr bewegt worden, daher bedurfte es einiges an Geschick, aber ich schaffte es. In dem Moment, als der Balken auf der Erde aufsetzte, ertönte Gebrüll von der anderen Seite des Tores.

Es war ein Schlachtruf ohne Gleichen.

Überirdisch.

Ich wich vom Tor zurück, ohne den Blick abzuwenden, und schritt rückwärts in die Geistermenge, die sich Schutz suchend hinter mir sammelte. Plötzlich stand Sabi neben mir, mit einem langen Holzspeer bewaffnet. Weiß der Himmel, wo er den aufgetrieben hatte, aber ich war in diesem Moment dankbar für seine Nähe.

Dann passierten mehrere Dinge gleichzeitig. Das Tor versank zunehmend in einem dichten Nebel, der aus jeder Ritze im Holz kroch. Das Material splitterte und ein Wesen, doppelt so groß wie ich selbst, erschien unter dem Bogen. Erst war nur ein Umriss zu sehen, als ob er nach und nach durch das Holz schwebte, dann vervollständigte sich seine Figur. In seiner Körpermitte, sichtbar wegen der feinstofflichen Eigenart, ruhte eine Art Kasten oder Schatulle. Dieses undurchsichtige Objekt hatte das Splittern des Holzes verursacht und ich konnte im weichenden Nebel das Loch im Tor sehen, das sein Durchbruch verursacht hatte.

Hier war unweigerlich Magie im Spiel. Dieser Geist war gekleidet wie ein Krieger. Hätte er eine feste Form gehabt, hätte er schweres Leder als Weste, als Schienbeinschutz und an den Handgelenken getragen. Auf dem Kopf thronte ein spitz zulaufender Helm mit Quasten und Fell. Seine Mimik zeigte blanken Hass. Plötzlich hob er einen überdimensionalen Säbel und stürzte auf mich zu.

Ich wurde mir der vielen Seelen bewusst, die hinter mir standen. Nun wusste ich, warum der Mann auf meine Waffe gezeigt hatte. Ich zögerte nicht. Mit erhobener Machete imitierte ich seine Offensive, allerdings nur, um beim Auftreffen ins Leere zu schlagen. Sein Körper stellte keinen Widerstand für mich dar. Das Objekt in seiner Mitte allerdings umso mehr. Der Kasten traf mich an der Seite und sein Aufprall presste mir die Luft aus den Lungen. Ich rollte auf den Boden und sah im Stürzen, wie er mit seinem Säbel die Vordersten in der Menge entzweite. Trotz der Feinstofflichkeit war dies ein grausames Blutbad, anders war es nicht zu beschreiben. Der Rest der Seelen floh in alle Richtungen. Sabi war nicht weit und ich sah, wie er mit der Lanze auf den Krieger einschlug. Meinem Versuch ähnlich nahm seine Waffe ungehindert den Weg durch den Geist und prallte an der Schatulle ab. Ich bezweifelte, dass der Angegriffene dadurch beeinträchtigt wurde, aber gleichsam wandte er sich Sabi zu. Er und die anderen Seelen waren in großer Gefahr.

Ich ignorierte meinen Schmerz und stürzte erneut auf den bösen Geist zu. Der bärtige Mann hatte bestimmt nicht umsonst auf meine Machete gedeutet. Diesmal zielte mein Hieb direkt auf die Schatulle. Als die Klinge dem Objekt nahe war, löste sich plötzlich ein blauer Blitz von meiner Waffe. Ich hatte den kleinen Kasten in seiner Mitte noch nicht berührt, da warf der Geist bereits seine Arme gen Himmel und brüllte. Sekunden später traf das Himmelseisen der Klinge auf die Schatulle und die Blitze multiplizierten sich ins Hundertfache.

Die blauen Energiebündel verzweigten sich in alle Richtungen und bildeten ein riesiges Netz um die Form des Geistes. Er wand sich und schrie weiter. Schnell trat ich einige Schritte von diesem Spektakel zurück.

Der Rest der Seelen hatte sich in der Hofmitte versammelt und betrachtete das Geschehen. Ihre Gesichter waren nicht mehr angsterfüllt, sondern ehrfürchtig. Jäh gab es einen lauten Knall und die Energieblitze explodierten in einer Entladung aus blauem Licht. Damit war der Krieger verschwunden. Einzig und allein die Schatulle lag an der Stelle, wo der böse Geist sein Unwesen getrieben hatte.

Sabi warf den Speer von sich und kam auf mich zugeeilt.

"Sayid sind Sie verletzt?"

"Nein, nein, keine Sorge. Es ist alles in Ordnung. Nur meine Rippe wird mir eine Weile weh tun, befürchte ich." Ich rieb mir die Seite, mit der ich gegen die Schatulle geprallt war.

Plötzlich regte sich die Menge der Seelen. Am Himmel stand der Sonnenaufgang unmittelbar bevor. Eine nach der anderen schwebte vom Boden weg und glitt in die Höhe, wo sie sich langsam auflöste. Das letzte Wesen, der bärtige Geist, verbeugte sich vor mir, als er emporgehoben wurde. Wir neigten unsere Häupter zum Abschied und als wir aufschauten, waren wir allein.

Sabi und ich waren längere Zeit nicht in der Lage, zu sprechen. Auch die Sonne vermochte nicht zu helfen, war sie noch so warm und beruhigend. Die Vorkommnisse der letzten Stunden hatten uns im Innersten getroffen. Es dauerte, bis wir einander ansahen und bereit waren, unser Abenteuer fortzuführen.

Wir besahen uns das magische Objekt näher. Die Schatulle war betörend verarbeitet, die Scharniere schienen aus Gold zu sein und die Verzierungen aus Saphiren verliefen in mehreren Reihen. Einfach unglaublich, diese Schöpfung. Wir waren uns ziemlich sicher, dass dies ein Verlies für den bösen Geist darstellte. Was uns Sorgen machte, war unsere

Unwissenheit darüber, was wir damit machen sollten. Dieses Objekt einfach einzugraben erschien uns nicht ratsam. Nach reiflicher Überlegung beschlossen wir, sie mit uns zum Gipfel zu nehmen und brachen zügig auf.

Wie erhofft und von mir berechnet, lag der Ausgang im gegenüberliegenden Winkel. Dieses Tor war nicht verschlossen und es ereilten uns auch keine weiteren Überraschungen. Der weitere Weg war im Gegensatz zum gestrigen Tag ereignislos. Es gab nicht einmal Dickicht, durch das wir uns kämpfen mussten. Auf beiden Seiten des Pfades wuchsen hohe Gräser und man hatte kilometerweit klare Sicht. Die einzigen Tiere waren singende Vögel. Es war wie eine andere Welt. Wir rasteten zum Frühstück, bevor wir ein kleines Tal durchquerten, dann hatten wir bereits die letzte steile Anhöhe vor uns.

"Sabi, schau! Dort vorne ist ein Krater." Waren wir auf einem vulkanischen Berg? Das konnte eventuell eine Erschütterung wie die gestrige erklären, jedoch nicht ohne den Nachweis von schwarzem Lavagestein oder einer anderen Wärmequelle. Wir diskutierten plausible Theorien, während wir die Vertiefung betrachteten. Ich fühlte mich schon fast wieder in meinem Element, ganz der Wissenschaftler. Die Normalität des Tages ließ die Vorkommnisse des Morgens nahezu traumhaft erscheinen, bis die Erde unter unseren Füßen uns eines Besseren belehrte. Es grummelte erst ganz leicht, dann fühlte ich die zunehmende Vibration. Mit Schrecken blickte ich den Hang hinunter und wusste, dass wir Sekunden davon entfernt waren, dort hinunterzurollen. "Hinlegen! Sabi, auf den Boden!" Ich ließ mich fallen und harrte dem Beben. Zu meiner Überraschung passierte nichts weiter. Die Vibration erreichte eine bestimmte Kraft, brachte aber nichts aus dem Gleichgewicht. Wenn wir gestanden wären, wären wir sicherlich auf den Beinen geblieben. Ich setzte mich auf, während es unter uns weiter rumorte. "Vielleicht sind wir ausreichend weit vom Zentrum des Bebens entfernt, sodass wir seine volle Stärke nicht spüren können."

"Die Entfernung ist ein möglicher Faktor, aber ich habe das Gefühl, dass es lediglich ein sehr leichtes Beben ist."

Ich nickte.

"Leicht mag es sein, dafür aber lang." Ich sah mich um. Irgendetwas war anders. Vorsichtig und auf allen vieren kroch ich zurück zum Rand des Kraters und schaute hinein. Der Schlund war erfüllt mit blauem Licht. "Das ist das Licht des Kriegers." Ich hatte es mehr zu mir gesagt als zu meinem Assistenten.

"Sayid?"

"Komm her. Schau dir das an." Sabi kam an meine Seite. "Von dort unten strahlt das gleiche blaue Licht, wie wir es bei den Energieblitzen gesehen haben. Das kann kein Zufall sein!"

Sabi sah mich mit großen Augen an.

"Natürlich! Die Schatulle gehört hier hinein."

"Woher willst du das wissen?"

"Ich weiß es nicht, ich fühle es. Es ist eine Eingebung, anders kann ich es nicht erklären." Er reichte mir die Tasche, in der das magische Kästchen in einem Tuch eingewickelt verstaut war.

Ich holte es heraus. Dabei konnte ich schon durch das Leinentuch die blauen Linien sehen. Sie strahlten, als wären sie ihre eigene Lichtquelle. Sabi hatte tatsächlich Recht. Wir mussten sie dem Berg übergeben. Das Übernatürliche suchte seinesgleichen.

"Hier ist sie." Ich wollte sie Sabi reichen, aber er lehnte ab.

"Sayid, Sie müssen es tun. Sie haben auch den bösen Geist besiegt. Diese ehrenvolle Verantwortung gebührt Ihnen." Er nickte mir aufmunternd zu.

Ich hätte dieses Schmuckstück nur zu gern für meine Sammlung behalten, wäre kein böser Geist darin gefangen gewesen. Ich erhob mich und trat an den Krater. Sabi tat es mir nach, blieb aber einen Schritt hinter mir stehen. Ich hielt die Schatulle über den Schlund, betrachtete ihre Schönheit ein letztes Mal, und ließ sie aus meinen Händen gleiten. Die Saphire strahlten in diesen letzten Sekunden sehr intensiv. Es war ein überaus betörendes Licht.

Dann war mit einem Schlag alles vorbei.

Das Beben war vorbei. Kein Knurren mehr. Kein blauer Schein aus dem Krater. Alles war ruhig. Die Magie war erloschen.

Ich kam nicht umhin, stolz auf uns zu sein. Wir hatten Großes geleistet. Wie viele vor uns hatten bereits Kontakt mit den Seelen, Geistern oder anderen Wesen gehabt? Wie viele waren in Panik geflohen? Die Berichte und Geschichten hatten tatsächlich einen wahren Ursprung, auch wenn diese stellenweise sicher ausgeschmückt worden waren. An Fantasie mangelte es den Talbewohnern nicht. Meinen Vermessungen nach hatte sich der Berg jedoch um keinen einzigen Meter verschoben. Diesbezüglich war die Fantasie mit ihnen durchgegangen. Ich schloss meine Notizen ab und verstaute die Messinstrumente sorgsam.

Wir schafften den Abstieg noch vor Sonnenuntergang. Der letzte Kilometer am Hang lag in einer Dunstwolke, die zweifelsohne dem Sumpf auf der anderen Seite des Berges zu verdanken war. Die Schwaden zogen um uns herum, als wären sie lebendig, aber wir hatten noch ausreichend Licht, um den Weg gefahrlos zu meistern.

Kurz vor Ende der Strecke lichtete sich der Nebel etwas und ich blickte zurück, in der Hoffnung, einen kleinen Abschied nehmen zu können. In weiter Ferne erblickte ich den Berggipfel. Er war aus diesem Blickwinkel fast rund. Ich hielt inne. Wie konnte das sein? Beim Aufstieg war er nicht zu sehen gewesen. Nicht nur wegen des Nebels, der immer um den Berg schwebte, sondern weil er hinter dem kleinen Tal lag und von hier aus unmöglich zu sehen sein konnte! Dann erblickte ich zwei große blaue Kreise, direkt auf dem Gipfel. Sie strahlten wie zwei kleine Sonnen und mir fiel es wie Schuppen von den Augen. Was ich in weiter Ferne sah, war nicht der Gipfel. Es war ein Kopf! Ein riesiger Kopf mit strahlenden blauen Saphiraugen. Ich musste mich an einem nahegelegenen Stein stützen, denn fast hätte ich im Zuge dieser Erkenntnis das Bewusstsein verloren. Der Riese lächelte und dann war er verschwunden. Die Nebelschwaden hatten alles wieder komplett eingehüllt.

"Sayid ist alles in Ordnung?" Sabi kam zu mir zurückgelaufen. Er hatte minutenlang nicht gemerkt, dass ich nicht mehr hinter ihm lief. Die Sonne ging am Horizont unter, aber wir waren bereits wohlbehalten im Tal.

"Ja, alles ist gut Sabi. Lass uns in der Nähe unser Nachtlager finden. Ich habe dir etwas Wichtiges zu berichten."

Es wurde eine gute Nacht. Eine Nacht, in der mein Assistent zu meinem Vertrauten und Freund wurde. Eine Nacht, auf die ein Morgen folgen würde, an dem hier kein Tal mehr war, sondern eine weitläufige Ebene.

Der Berg war von diesem Tag an nie wieder gesehen worden.

Beloved Creatures
Eine Fabel

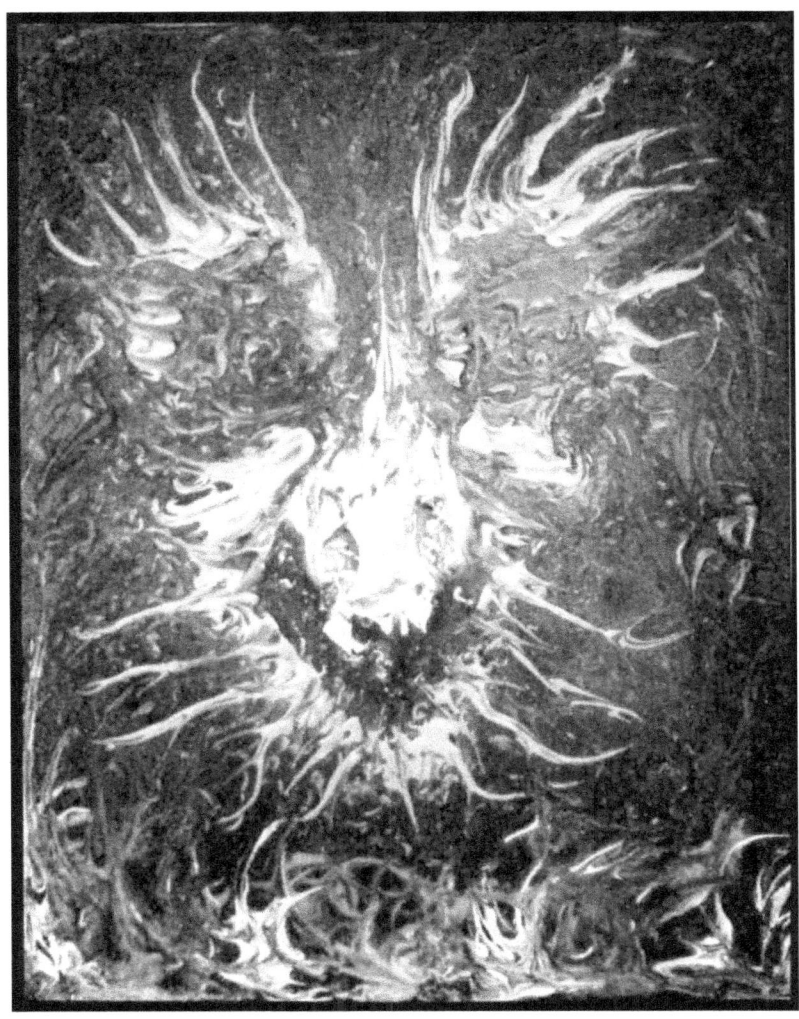

für S.L.

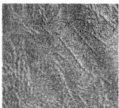

Es war einmal ...

Nun, diese Geschichte sollte nicht auf diese Weise beginnen, weil, um ganz und gar ehrlich zu sein, hat sie sich genauso wenig in weiter Ferne ereignet, wie in einer Zeit lange vor der unseren.

Also hab Acht, ehrenwerter Leser, denn was Dir hier begegnen wird, ist eine großartige Geschichte, die in einer verzauberten Zukunft spielt. Darin werden Dich fabelhafte Gestalten in mythische Sphären reisen lassen und in die Tiefen Deiner Fantasie entführen. Erkenne das Abenteuer, welches Dein Innerstes und Deine Realität herausfordern wird, aber nur, wenn Du es zulässt.

Darf ich vorstellen: Das erste Wesen, Cerise. In diesem Teil der allmächtigen Unendlichkeit erwählte sie ihre Form als weibliche Gestalt und lebt in einer bemerkenswerten Umgebung, erfüllt mit Abenteuern und Geheimnissen, die einem Normalsterblichen oft nicht eröffnet werden.

Cerise ist von Haus aus wunderschön anzusehen, so wie man es von ihrer Art erwartet. Wenn sie beschrieben wird, hört man die Leute von ihrer sanften Natur sprechen, von ihrer weisen Zunge und ihrer Liebe für alle Kreaturen dieser Welt. Wie ihr Geist so strahlen auch ihre Augen auf unvergessliche Weise und ihr Lächeln leuchtet in die Ewigkeit hinein. Sie trägt ihr goldenes Haar verführerisch lang und oft in künstlerische Gebilde auf ihrem Kopf geflochten. Cerise ist eindeutig eine Persönlichkeit, die immer gern gesehen ist und überall, wo sie einkehrt, in guter Erinnerung verbleibt.

Ihr Weggefährte und treue Seele ist Coati. Er ist ein äußerst komplexes Wesen. Lieber Leser, wie beschreibe ich ihn Dir am besten? Mir fehlen die Worte, also erlaube mir, das Offensichtliche darzubieten.

Coati ist größer als Cerise, keinesfalls jedoch sieht er auf andere herunter. Ganz im Gegenteil. Coati verehrt das mannigfaltige Leben um ihn herum. Er sieht alles, das es ihm zu bieten hat und versucht, aus jedem Tag auf dieser Erde das Beste für sich und andere zu machen. In seiner Bestimmung strahlt er mit positiv erfülltem Glanz, aber natürlich auch mit natürlicher Unvollkommenheit.

Vor langer Zeit, noch bevor jeglicher Augenblick beschrieben war, hatten sie sich bereits getroffen und waren seither in tiefer Freundschaft verbunden. Cerise und Coati lernten jeden gemeinsamen Tag mit- und voneinander. Sie hatten unerschöpfliche Ressourcen und waren sowohl spirituell als auch mit ihrem intelligenten Geist verbunden. Manchmal schien es ihnen sogar, als ob ihre kollektiven Eindrücke das eigene Vorstellungsvermögen übertrafen. Bei solchen Gegebenheiten hielten sie inne, um mit Bewunderung die sich offenbarten Möglichkeiten zu genießen, die das Universum ihnen schenkte. Es kann sein, dass sich Dir, hochgeachteter Leser, nie wieder eine Begegnung mit solchen zwei Wesen auf dieser Welt offenbart, aber gib Deine Bemühungen nicht auf, denn sie werden Dir sicherlich ans Herz wachsen. Unterdessen erlaube mir, Dich zu unterhalten. Lass mich Dir einen flüchtigen, aber herzhaften Einblick in ihrer beider Leben geben.

Fühle Dich aber nicht nur berechtigt, diese Zeilen zu lesen, fühle Dich abenteuerlustig! Du schenkst mir lediglich Dein Einverständnis, Dich zu einem optischen Festmahl zu führen, das ich an dieser opulenten Tafel vorbereitet habe.

Komm herein und verweile ...

Schließe für ein paar Minuten Deine Augen.
   Stell' Dir den herrlichsten Sommertag vor, den Deine Augen je erblickt haben.

Vielleicht bist Du an einem Strand, während Du den Sonnenuntergang in all seinen betörenden Farben beobachtest.

Oder wähle einen Lieblingsort, der Dir persönlich zusagt.

Jede Stelle, an der Du Deinen inneren Frieden findest, ist die Richtige.

Dann atme tief ein und lass die Zeit langsam an Dir vorüberziehen.

Stell Dir vor, wie die abendliche Dämmerung einsetzt.

Du fühlst vollkommene Ruhe.

Eine Zeit mit guter Laune und einem Lächeln auf Deinem Gesicht.

Kapitel 1

An einem Tag so perfekt, wie der in Deiner Vorstellung, entschieden sich Cerise und Coati zu einer Reise durch die Gefilde ihres Reiches. Dies taten sie gerne und oft, da sie die Gesellschaft des anderen sehr schätzten. Auf allen Pfaden sprangen ihre Ideen, wie aus einem Gedanken geboren, zwischen den beiden hin und her, und sie hatten sich stets etwas zu erzählen.

Viele Stunden verbrachten sie aber auch in ihren Hütten, den anderen abwechselnd als Gast, vor einem gemütlichen Feuer sitzend, mit gerösteten Nüssen oder Marshmallows über den Flammen. Dann sprachen sie über ihre Pläne, nach neuen Abenteuern zu suchen, denn sie waren immer neugierig auf das, was die Welt in der Ferne ihnen zu bieten hatte.

In einer besonders zauberhaften Nacht also brachen sie auf zu einer vielversprechenden Reise. Lieber Leser, Du magst innehalten und Dich wundern, warum eine solche Unternehmung am Ende eines Tages stattfindet, anstatt am Morgen, aber lass Dir gesagt sein, dass dies ein ganz besonderer Anlass war, von dem ich Dir auch sogleich berichten werde.

Beide genossen die wachsende Vorfreude und angenehme Spannung, während Coati seine Weggefährtin derweil mit ausschweifenden Anekdoten vergangener Reisen unterhielt. Sie waren beide bester Laune, ihre tägliche Arbeit hinter sich lassend und liefen mit lachenden Gemütern unbeschwert durch die Dunkelheit.

Cerise lächelte.

"Ich muss dir etwas verkünden, lieber Coati." Sie konnte es kaum erwarten, dem Nasenbären ihr Geheimnis zu eröffnen, und kaute nervös an ihrem Fingernagel. Coati hielt inne und sah sie an. Cerise holte den Gegenstand hervor, den sie unter ihrem langen Gewand versteckt hatte. Es war ein kleines quadratisches Päckchen, das mit geflochtenem Heu fest in Baumrinde verschnürt war. Nur eine dermaßen gelungene Flechtarbeit würde dem Widerstand der hölzernen Konstruktion standhalten.

"Sag, was hast du da, werte Freundin? Hast du uns eine Wegzehrung vorbereitet?" Coati schätzte die kulinarischen Experimente von Cerise und streckte dem Päckchen schon neugierig seine feine Nase entgegen.

"Aber Coati, nein. Siehst du denn nicht, dass es ein Viereck ist? Wie könnte das von allen Dingen denn etwas Essbares darstellen?"

Coati grinste schulterzuckend, vertilgte ein paar Beeren, die er unterwegs aufgelesen hatte, und rülpste genüsslich und so laut er konnte. Eine seiner vielen Passionen war feine Kost und er liebte Nahrung in allen Formen und Farben. Diese Hingabe an alles, was lecker kreuchte und fleuchte, suchte seinesgleichen und süße Früchte ließ er nie stehen - oder liegen. In Mahnem, seinem Heimatort, war es keinesfalls üblich, sich, im Beisein anderer, solchen Unsitten zu ergeben, aber Coati frönte beim Rülpsen seiner inhärenten Lebensfreude. Mal für Mal erntete er brüllendes Gelächter, besonders von Cerise, die sich auch jetzt vor Vergnügen den Bauch hielt und Lachtränen aus den Augen wischte.

"Keine Sorge, ich habe gut gegessen und der Wald bietet reichlich Nachschub." Ein weiteres Häufchen

Beeren wurde aus der Schultertasche hervorgeholt und verschwand in seinem Mund, "aber ich wünschte, ich hätte an unseren Trank gedacht, um meinen Durst stillen zu können."

Cerise schüttelte seufzend den Kopf, reichte ihrem vergesslichen Begleiter jedoch gleich einen tönernen Krug, den sie auf Reisen stets mit einem Hanfseil an ihrer Mitte befestigt bei sich trug.

"Ich habe heute Morgen frisches Quellwasser eingefüllt, von meinem verzauberten Bach. Es wird unsere Reise erquickend machen."

Coati bedankte sich und nahm gierig einen großzügigen Schluck. Als er das Gefäß von seinen Lippen nahm und hineinschaute, füllte sich das Tonbehältnis sofort wieder bis zum Rand. Coati ließ sich von dem vertrauten Zauber nicht beirren und sprach.

"Verrate mir nun endlich, was du so fantasievoll eingehüllt dort bei dir trägst. Bitte, ich vergehe vor Ungeduld." Es war wirklich schön anzusehen, Cerise hatte es mit viel Liebe und Sorgfalt verpackt.

"Ich habe es eigenhändig und nur für diesen Anlass erschaffen", entgegnete diese stolz.

"Was für ein Anlass? Unsere Reise?" Coatis Neugier stieg ins Unermessliche.

"Lieber Coati, ich wage es nicht, dir gegenüber trügerisch zu sprechen, aber bitte erlaube mir, unser

Ziel gegenwärtig noch geheim zu halten. Vergib mir für den Augenblick. Du wirst mehr als erfreut sein, wenn ich dich damit überraschen kann, denn es ist etwas ganz Besonderes. Das Päckchen, das ich in meiner Obhut habe, ist ein Geschenk für unseren Gastgeber, für meinen getreuen Seelenverwandten."

"Unseren Gastgeber?" Was Cerise ihrem Freund nicht erzählt hatte, war, dass sie einen vorbezeichneten Pfad beschritten und dieser Weg sie direkt nach Callacara führte.

Callacara war tatsächlich ein Ort, für den man sich begeistern musste, wenn auch nur wegen seiner mystischen Aura. Oder vielleicht war gerade das der besondere Reiz. Lieber Leser, lass mich Dein Gemüt mit einer Erklärung erhellen, und erlaube mir darüber hinaus, ein klitzekleines bisschen abzuschweifen, denn was ich Dir zu sagen habe, könnte Dein Leben bereichern.

Jedes Lebewesen hat mindestens einen Seelenverwandten. Vielleicht hast Du bereits andere in deinem Umfeld von diesem Phänomen erzählen hören. Ich, fürwahr, glaube an die Existenz dieser inneren Verbundenheit, denn diese Liebe ist bedeutsamer als jede andere. Eine verwandte Seele wird Dich von weitem erkennen. Dieses Lebewesen wird dich erfühlen, weit mehr, als dass es deine stoffliche Form begreift. Die Chemie beim Aufeinandertreffen manifestiert sich augenblicklich.

Ein Seelenverwandter steht einem in allen Lebenslagen bei, geht neben einem, wenn es schwierig wird, und trägt einen, wenn man nicht weiter kann. Ein Seelenverwandter teilt jede Freude, jedes Glück und vermehrt es ins Unendliche.

Bist Du jemals mit deinesgleichen zusammengetroffen und hast sogleich verlauten lassen 'Mich dünkt, wir kennen uns schon eine Weile.'? Hast Du zu dem Zeitpunkt dieses, noch fremde Gegenüber, gefragt, ob Euer Weg sich schon einmal gekreuzt hat? Diese Gegebenheiten sind Zeichen für eine verwandte Seele. Im Allgemeinen wirst Du erkennen, dass man sich im Beisein dieser Wesen äußerst behaglich fühlt, ohne dass vorher viel Zeit im Miteinander vergehen muss.

Eine verwandte Seele wird deine Gedanken hören, bevor Du sie aussprichst. Es ist hierbei unerheblich, wie weit man voneinander entfernt ist. Zugegebenermaßen tun sich viele leichter, wenn die Distanz nicht allzu groß ist, aber auch im anderen Fall ist lediglich ein wenig Übung von Nöten. Freundschaften wie diese werden von liebevollem Umsorgen begleitet.

Die Schönste aller Seelenverwandtschaft ist die der Romanzen.

Sollte Dich eine solche glückliche Fügung schon in den frühen Lenzen Deines Lebens ereilen, dann wird diese Verbindung die Jahre danach positiv beeinflussen. Jeder Augenblick wird doppelt so schön für Deine Augen erstrahlen.

Manche Seelenfreunde beziehungsweise Seelenverwandte treffen allerdings nie aufeinander. Manchmal gehen beide auch nur arglos aneinander vorbei, ohne den anderen zu erkennen. Ihre Sinne sind nicht geschärft und sie verpassen ihre Gelegenheit auf echte Freundschaft oder wahre Liebe. Zumindest in einem ihrer Leben. Du musst wissen, eine Seele lebt ewig, und auf unseren Erden wandelt sie auf ihren eigenen Wunsch.

Gewiss ist jedes Treffen ein Geschenk, das nicht allen zuteil wird. Sollte es Dir gewährt werden, dann empfange es mit ehrlicher Dankbarkeit.

Habe Vertrauen.

Betroffene Seelen können die ewige Verbundenheit zwischen den Partnern bestätigen. Dieses Band kann nie unabsichtlich getrennt werden.

Cerise kannte einen Seelenverwandten romantischer Art. Sie hatte ihr Leben lang seine Nähe gespürt und ihn genauso lange verehrt.

Unsere Heldin war dadurch allerdings noch nicht am Ziel. Das Bewusstsein darüber stellte nur den Anfang ihrer Reise dar. Sie sehnte sich nach einer sinnlichen und gleichwohl körperlichen Verbindung und litt sehr unter dem Umstand, dass sie sich in diesem Leben noch nicht gefunden hatten. Der Glaube an wiederkehrende Seelen aber gab ihr Trost.

Mein aufmerksamer Gast, sei daran erinnert, dass dies eine magische Geschichte ist, die nicht mit zögerlichen Gedanken und Zweifeln unterbrochen werden darf. Ich zähle auf Deine magischen Instinkte, die Deinen Horizont um eine Ewigkeit oder zwei erweitern können.

Cerises Seelenverwandter war das Ziel ihrer Lebensreise und Callacara war das Ziel dieses Abenteuers. Coati konnte sich seiner aufflammenden Begeisterung nicht erwehren. Er freute sich darauf, diesen Ort zu sehen, aber noch mehr freute er sich für seine Gefährtin. Beide hatten sich schon oft über das Thema unterhalten. Coati hatte daher vor langer Zeit begriffen, dass ein Treffen mit ihrem Seelenverwandten das Leben von Cerise von Grund auf verändern würde.

Selbstverständlich hatte Cerise schon mehrmals über dieses Wesen gesprochen. Das Wesen namens Hunkkerr. Allerdings hatten sich konkrete Pläne in unerreichbaren Sphären bewegt. Coatis Verständnis dafür war allenfalls lückenhaft, da er selbst noch keine Vorstellung von Hunkkerr hatte und mit seiner geerdeten logischen Disposition die Perspektive mehrerer Leben und der Idee eines Seelenverwandten nicht wirklich nachvollziehen konnte. Für einen Geist wie seinen brauchte es Beweise der körperlichen Art.

Erlaube mir, Dir zuerst mehr von Callacara zu berichten und warum dieser Ort eine so magische Ausstrahlung hat. Du wirst überrascht sein zu hören, dass Callacara sogar in den Sommermonaten ein Ort eisiger Kälte ist. Auf allen Wegen und Plätzen dieser Stadt liegt Schnee, und die gefrorene Natur glitzert und glänzt wie in einem Wunderland. Aber lass Dich nicht beirren, werter Leser.

Dieser Ort ist außergewöhnlich und mit keiner anderen kalten Region zu vergleichen, denn sobald du die Pforten der Stadt passierst, verwandeln sich die Pfade in jeder Himmelsrichtung vor Deinen Augen in Eis, und werden wie von Zauberhand mit Schnee bedeckt. Dies ist keine Täuschung Deines Sehvermögens, aber dennoch keine Gefahr. Du kannst weiterhin sicheren Schrittes voranschreiten, ohne Deinen Halt zu verlieren.

In Callacara führen alle Wege nach oben und das ohne eine einzige Ausnahme. Ein aufmerksamer Wanderer wird sich auf diesen Straßen jedoch kaum fühlen, als ob er einen Berg besteigt. Anstatt mit seinen Füßen das Erdreich zu beschreiten, wird er jeden Pfad mit Leichtigkeit erklimmen, denn der Schnee um einen herum vermittelt den Eindruck, als würde man in den Wolken schweben, so strahlend weiß erleuchtet er einem die Umgebung. Hier findet man Ruhe, Frieden, und vor allem seelische und körperliche Heilung durch die magischen Kräfte des Flusses, der sich aus dem ewigen Berg ergießt und durch diese Gefilde fließt. Das Wasser daraus wird nie zu Eis.

Es gibt jedoch Besucher, die ihre Aufmerksamkeit anderen Dingen zuwenden, während sie ihren Weg gehen. Jene lassen sich von den Energien des weißen Lichts nicht verzaubern und fühlen sich auch nicht wie auf Wolken. Ihnen fällt es zunehmend schwerer, ihr Ziel zu erreichen, denn sie lassen den Zauber dieses Ortes nicht auf sich wirken.

Es ist wahrhaftig so: Sei offen für die Wunder in Deinem Leben und Du wirst überrascht sein.

Diese Stadt ist ein lebendiger Ort.

Ihre Straßen sind lebendig.

Ihre Mauern sind lebendig.

Du fragst Dich bestimmt, wie unbeseelte Elemente lebendig agieren können. Lieber Leser, falls Du Dich noch ein kleines Weilchen geduldest, wird Dir unsere Geschichte diese Frage ausführlich beantworten, aber lasse Dir bereits gesagt sein, dass alles uns Umgebende voller Leben ist, egal wie statisch es auch sein mag. Alles verändert sich immerzu, während auch das Eis in Callacara stetig neue Formen hervorbringt und seinen empfänglichen Wanderern jeden nur möglichen Beistand bietet.

Zwei dieser hilfesuchenden Kreaturen waren nun auf dem Weg zu den Stadttoren und Callacara war bereit, ihrem größten aller Ziele untertänig zu dienen, der Liebe.

Lass uns nun zu unseren beiden Wanderern zurückkehren.

Coati reagierte begeistert auf die Nachricht seiner Freundin.

"Er ist in Callacara? Wie kann das sein? Ich erinnere mich, dass deine verwandte Seele sein Zuhause weit weg von hier hat, wo er ein bescheidener und respektierter Anführer ist."

"Das ist tatsächlich so", antwortete Cerise. "Er hat jedoch Wort zu seinen Bewunderern geschickt, dass er in den späten Sommermonaten durch unsere Hemisphäre ziehen wird. Er macht diese Reise, um ihnen seine Dankbarkeit zu zeigen. Dieses Jahr hat er viel Liebe und Wertschätzung erfahren." Sie zwickte Coati spielerisch in die Seite. "Es war schon lange mein Plan, nach Callacara zu reisen und ihn dir vorzustellen.

Nun ist mir dies endlich möglich. Natürlich weiß er nicht, dass wir kommen, daher nimm die Bezeichnung Gastgeber nicht allzu wörtlich. Bis zum heutigen Tag hast du dir meine Geschichten und jede Schwärmerei über ihn geduldig angehört. Du hast mich immer unterstützt, nicht aufzugeben. Jetzt wirst du die Möglichkeit haben, ihn aus der Nähe zu sehen und zu verstehen, von was ich die ganzen Jahre gesprochen habe. Und du warst es doch, der die nächtliche Vision von unserer Reise hatte. Die Reise, in der ich ihm endlich persönlich gegenüberstehen werde. Auch hast du geträumt, dass ich meiner geliebten Seele ein Geschenk dargeboten habe, ein Geschenk, wie ich es jetzt bei mir trage. Ich habe vor unserem Aufbruch ein passendes Präsent gesucht und gefunden, somit verwirklicht sich deine Vision gerade." Überlegte Ruhe kehrte in ihre Stimmung ein.

Coati zögerte daher etwas mit seinem Kommentar.

"Ich vermag nichts Gegenteiliges zu behaupten. Es ist wahr, dass ich euer Zusammentreffen in meiner nächtlichen Vision gesehen habe. Sei aber bitte nicht enttäuscht, falls unser Abenteuer nicht meiner Vision entspricht. Dennoch bin ich erfreut: Wir sind tatsächlich auf dem Weg, ihn zu sehen. Ich hoffe inständig, dass der Rest meines Traumes sich gleichwohl bewahrheitet. Liebe Cerise, ich danke dir, dass du dieses Erlebnis mit mir teilst. Ich fühle mich zutiefst geehrt."

Cerise seufzte glücklich.

"Ach Coati, nichts lieber als das." Mit einem leichten Schmunzeln auf den Lippen fuhr sie fort, "sei bitte so lieb und erzähle mir noch einmal und in allen Einzelheiten von deiner Vision. Es ist schon eine Weile her und ich habe einige Gegebenheiten vergessen. Und ich höre so gerne deine Geschichten und diese ist eine ganz besondere."

"Gerne, wie du wünschst. Wir haben noch ein gutes Stück Weg vor uns und es wird uns helfen, die Zeit noch vortrefflicher zu verbringen."

Coati war eines der zahlreichen Lebewesen auf dem Erdenrund, die in ihren Träumen die Zukunft sehen konnten. Er bekam darin Einblicke in Geschehnisse der nahen Ferne. Oft, wenn es notwendig wurde, wurde er sich seines Träumens bewusst und konnte dieses beeinflussen. Es war ein bemerkenswertes Talent, denn er konnte diesen Zustand absichtlich herbeiführen. Er musste vor dem Schlafengehen nur laut seinen Willen kundtun, bewusst träumen zu wollen. Auf diese Weise konnte er dann im Traum geistig wach reagieren und handeln, um mehr Informationen für sich oder andere zu erhalten.

Coati beschritt diesen Pfad nicht oft, denn diese Art zu schlafen führte gleichsam zu einer weniger erholsamen Nacht. Der eigene Geist kann nicht vollständig ruhen, wenn man ihn derart beschäftigt.

Das Talent des luziden Träumens ist jedem Lebewesen vorbehalten, jedoch ist es nicht ohne ein gewisses Maß an Übung zu erlernen. Wenn Du, lieber Leser, neugierig bist und es einmal versuchen möchtest, sei mutig, es ist nicht schwierig. Bevor Du ins Reich der Träume entschwindest, sprich diese einfachen Worte, 'heute Nacht möchte ich bewusst träumen'.

Es mag nicht gleich in der ersten Nacht funktionieren, aber zwei Deiner bereits innewohnenden Vertrauten werden Dich letztendlich ans Ziel führen, der Schlaf und die Geduld. Du magst wissen wollen, was Dir ein bewusster Traum Gutes tun kann. Vielleicht bist du nicht auf der Suche nach Antworten, wie Coati es ist, vielleicht auch nicht nach Einblicken in zukünftige Ereignisse. Deine Frage ist natürlich gerechtfertigt, und ich bin dankbar, dass Du sie gestellt hast. Deine Neugier ist wertvoll. Erlaube mir, für die Antwort etwas auszuholen.

Schlaf dient dem Körper zur Erholung, wie jeder weiß. Die Tiefschlafphase wird von dieser Übung nicht wirklich beeinträchtigt. Die Traumphase allerdings dient dem Geist zur Verarbeitung der täglichen

Geschehnisse. Gleichwohl der Bedeutung des Wortes 'Verarbeitung' ist es Arbeit, wenn auch keine besonders schwere. Ist es dann nicht trotzdem ratsam, seine Arbeit mit Freude zu verbinden?

Bei unserem Helden begann alles ganz unbedarft und ohne jegliche Hast. In jungen Jahren hatte Coati oft geträumt, er würde in seiner Hütte herumfliegen, wie ein Vogel ohne Flügel. Er schwebte an der Decke und driftete von einer Wand zur anderen. Einmal aber war es anders und er wurde sich mitten im Traum gewahr, dass er im Wachzustand nicht wirklich fliegen konnte. So kam er augenblicklich zu dem Schluss, dass er sich in einem Traum befinden musste. Mit diesem Bewusstsein steuerte Coati sogleich auf ein offenes Fenster zu. Er wollte es testen und die neugewonnene Freiheit auskosten. Er flog durch die Natur, an weitläufigen Hügeln und Bergen vorbei, die er sonst nur von seiner Hütte aus hatte sehen können, durch Täler hindurch, über farbenfrohe Auen voller Blumen, dem Flusslauf folgend und immer weiter, wie ein Adler ohne Grenzen. Die Aussicht war fantastisch und nach diesem zeitlosen Abenteuer wachte er am nächsten Morgen glücklich wieder auf. In diesem Traum war ihm die Luzidität nicht schwergefallen.

Natürlich kann man ernstere Themen und sogar therapeutische Ziele mit diesem veränderten Bewusstsein angehen. Lass mir Dir zu diesem Zweck von Coatis größter Angst berichten. Coati liebte das Meer und alles, was dazugehörte. Die schreienden Möwen, die salzige Luft und die Kraft der Wellen. All diese Dinge verehrte er als Wunder der Natur. Aber wenn man ihn dazu aufforderte, bei starkem Wellengang schwimmen zu gehen, dann lehnte er dies vehement ab. Er wollte nicht im Wasser sein, wenn die Wellen höher schlugen als sein Kopf und er dadurch den Horizont nicht sehen konnte.

Eines Tages hatte er mit diesen Gedanken an seine persönlichen Ängste an seinem Lieblingsstrand gesessen, und wie es seine Art war, ausgiebig die hereinrollenden Wellen beobachtet, als ihm sein Flugabenteuer aus seiner Jugend und dadurch die Lösung zu seinem Problem einfiel. Er nahm sich vor, zu versuchen, seiner Furcht ein wenig mehr Aufmerksamkeit zukommen zu lassen. Bevor er am gleichen Abend einschlief, sagte er laut die Worte 'Ich bitte um einen bewussten Traum mit hohen Wellen darin.'

Tatsächlich träumte er in dieser Nacht wie gewünscht. Coati fand sich an einer wunderschönen Promenade wieder, gesäumt mit weißen und sandfarbenen Häusern. Zu seiner Linken befand sich der ewige Ozean und er atmete, dankbar für seine geliebte Aussicht, die salzige Luft in vollen Zügen ein. Der Ozean erstreckte sich kristallklar und tiefblau vor seinen Augen. Plötzlich, ohne dass sich der Wind verändert hätte, bäumte sich das Wasser zu hohen Wellen auf und fing an, mit unaufhaltsamer Macht gegen den Strand zu krachen. Es waren die höchsten Wellen, die Coati in seinem Leben gesehen hatte. In dieser Sekunde der Erkenntnis und mitten im Traum erinnerte er sich an seinen im Wachzustand ausgesprochenen Wunsch.

Er lächelte. Es hatte tatsächlich funktioniert. Die aufgekommene Angst verschwand augenblicklich. 'Ich habe nichts, wovor ich mich fürchten müsste. Das ist ein Traum und mir wird nichts geschehen, wenn ich jetzt ins Wasser springe.' Mit einem Anlauf und vor Freude jauchzend stürzte sich Coati daraufhin in die Brecher.

Man kann mit Bestimmtheit sagen, dass unser Nasenbär beim nächsten realen Schwimmausflug keine so große Furcht vor Wellen haben würde, denn er hatte seine ursprüngliche Angst besiegt, wenn auch nur im Traum.

Daher, werter Leser, lege ich Dir folgenden Rat ans Herz. Tu in Deinen Träumen Dinge, die du sonst nicht wagen würdest, und Du wirst überrascht sein, wie sehr sich Deine Einstellung zu diesen Dingen verändern kann. Jedes Traumgefühl transportiert sich ins Wachsein. Wenn Du daran zweifeln solltest, erinnere

Dich an einen Traum, der Dich tief bewegt hat, sei es im positiven oder negativen Sinne. Du wirst bestimmt noch wissen, wie manche Gefühle daraus noch sehr real schienen, als Du wach wurdest. Ich wünsche Dir diesbezüglich nur vortreffliche und lehrreiche Traumwelten!

Die Träume allerdings, in denen Coati die nahe Zukunft sehen konnte, waren seltener. Diese konnte er nicht auf die gleiche Weise hervorrufen, wie seine luziden Träume. Das Unterbewusstsein wird seinem Träger nur dann Einblick in einen anderen Lebensabschnitt geben, wenn es für das eigene Weiterkommen hilfreich ist. Daher bekam Coati dieses übersinnliche Geschenk nur dann dargeboten, wenn seine Hilfe benötigt wurde oder eine Dringlichkeit anderer Art bestand. Oft konnte er den Grund für die Bilder in seinem Geist nicht erkennen, bis er auf die passende Situation traf oder ein Freund mit einer passenden Frage an ihn herantrat. Dann konnte er von seinem Traum, seiner Vision berichten und dem Hilfesuchenden eine Erleuchtung anbieten.

Seine Gabe funktionierte auch in entgegengesetzter Richtung. In seinem Dorf kamen die Lebewesen, die von seinem Talent wussten, gerne auf ihn zu und baten ihn aktiv, ein Problem zu lösen. Dann meditierte Coati mit diesen Bittstellern über das jeweilige Thema, das sie beschäftigte, und wiederholte deren Fragen vor dem Schlafengehen noch einmal laut für sich. Er wandte sich dabei an sein eigenes Unterbewusstsein und an das des Fragenden.

Die erträumten Antworten waren unterschiedlichster Art. Je nach Eigenheiten der Lebewesen, die ihn um Hilfe baten, kamen die Ergebnisse entweder als Bilder, realer oder symbolischer Natur, oder als noch zu interpretierende Geschichten. Je spiritueller eine Seele war, desto symbolischer waren die Antworten, die Coati in seinen Träumen sah. Letztere durften ihre eigenen Schlüsse ziehen und die Bilder auf ihre eigene gereifte Art interpretieren.

Coati ließ darüber hinaus niemals eine subjektive Interpretation verlauten, auch wenn man ihn darum bat. Er empfand sich nur als Überbringer der Botschaften aus den Weiten des Unterbewusstseins.

Diese Art zu träumen war für ihn anstrengender, trotz der Kontrolle, die er darüber hatte, denn er musste das Unterbewusstsein des jeweils anderen anzapfen, natürlich mit vorheriger Ankündigung und Erlaubnis. Bisher waren alle, die an ihn herangetreten waren, weiser und glücklicher von dannen gezogen.

Während Cerise geduldig und erwartungsvoll neben ihrem Gefährten herlief, ging Coati in sich und sammelte seine Gedanken über den Traum, der schon einige Mondnächte weit zurücklag.

Besonnen begann er seinen Bericht.

"In meinem Traum waren wir auf einem großen freien Platz versammelt. Um uns herum waren Lebewesen verschiedenster Stämme und Arten. Sie waren allesamt von weit hergekommen, aus jeder Himmelsrichtung, um einem bevorstehenden Ereignis beizuwohnen. Man konnte den Beginn nur erahnen, es schien keine Zeitangabe zu geben. Wir beide standen geduldig, zwei großen Toren zugewandt, zwischen all diesen Seelen. Hunkkerr und seine Gefährten befanden sich zweifelsohne hinter den Toren, aber noch öffnete uns niemand.

Ich wurde des Wartens müde und machte mich auf, einen kleinen Spaziergang zu machen, um meine steifen Glieder zu strecken. Ich erkannte, dass meine Pfoten eine uralte Piazza berührten. Überall waren geweißte Steine unter meinen Tatzen. Die Sonne schien auf meine Haut und ich fühlte mich selig. Plötzlich erkannte ich aus den Augenwinkeln das Abbild deines Seelenverwandten, wie du ihn mir schon oft beschrieben hast. Er stand bewegungslos da, die wärmenden Strahlen mit dem Gesicht nach oben gewandt in sich aufsaugend. Die Menge der Seelen hinter mir hatte ihn noch nicht entdeckt. Er sah zu meiner Überraschung sehr zerbrechlich aus, müde und älter als ich ihn mir vorgestellt hatte. Ich beschleunigte meinen Schritt in seine Richtung und rief zu ihm, er solle bitte nicht erschrecken. Ich hatte bereits angefangen zu rennen und war somit in wenigen Augenblicken an seiner Seite.

Er schaute mich überrascht an, sagte aber noch nichts. 'Bitte wende dich nicht ab', bat ich ihn, 'meine Gefährtin und ich sind viele Meilen marschiert, um dich zu treffen. Ich bitte dich, erweise uns die Ehre und verweile.' Ich griff nach seinem Arm und drehte mich nach dir um. 'Cerise, Cerise, komm schnell!' Erstaunlicherweise hörtest du mich und sahst sofort in meine Richtung, obwohl ich doch etwas entfernt stand. Es war einfach magisch, so wie Träume oftmals sind. Du machtest dich sogleich auf den Weg zu uns und überquertest die Piazza. Als du bei uns ankamst, stellte ich dich vor. 'Das ist Cerise.'

Hunkkerr sah dich voller Erstaunen an, und als er zu sprechen begann, leuchteten seine Augen. 'Cerise, ich kann nicht glauben, dass ich dich endlich gefunden habe! Endlich stehst du vor mir, nach all meinem Warten, nicht mehr schlafen können, von dir träumend. Ich werde jetzt alles tun, damit wir uns nie wieder verlieren!'

Cerise, es hatte keiner Einleitung bedurft, er hatte dich sofort erkannt. Als Einheit habt ihr beide ein so strahlendes Licht erzeugt, dass ich ein paar Schritte zurückgehen musste. Es war wie eine Lichtexplosion. Bevor ich mich allerdings zurückzog, schob ich dein mitgebrachtes Geschenk zurück in deinen Arm. Leider kann ich mich nicht daran erinnern, ob oder was du ihm geantwortet hast. Momente schienen so lange wie Minuten, Minuten wurden zur fließenden Ewigkeit, bevor die Abwesenheit der Zeit sich auflöste.

Das Leuchten eurer beider Körper verschwand und ich konnte euch wieder klar sehen. Er hielt deine Hände fest in seinen, sah dir unentwegt in die Augen und in seinen Augen standen Tränen. 'Meine wahre Liebe, ich kann an diesem Tage nicht bei dir verweilen. So sehr es mich schmerzt, ich muss hier eine Aufgabe erfüllen. Ich verspreche dir, dass wir ab sofort einander gehören, bis ans Ende der Zeit.' Er ließ deine Hände los und verschwand mit einem weiß getünchten Holzwagen im dichten grünen Wald neben der Piazza. Dann war der Traum zu Ende."

Als Coati seine Freundin anschaute, war Cerise den Tränen nahe. Die Darstellung hatte sie erneut aufs Tiefste gerührt. Der bescheidene Nasenbär hoffte, dass er keine wichtigen Details ausgelassen hatte, und ergriff zur gegenseitigen Stärkung die Hand seiner Gefährtin.

Kapitel 2

Die Reise nach Callacara war unspektakulär. Obwohl sie an wenig bekannten Feldern vorbeikamen und durch dunkle Wälder liefen, fühlten sie keinerlei Unsicherheit. Es drohte keinerlei Gefahr in diesen friedlichen Gefilden. Coati fühlte sich auch in der Fremde wohl, er besaß einen vortrefflichen Orientierungssinn und Cerise sah in der Nacht sehr gut, also kamen sie gut voran.

Der Tunnel, der in die Stadt führte, war binnen kurzer Zeit erreicht und ihre Herzen machten beim Anblick des Eingangs ein paar zusätzliche Schläge, während die Unterhaltung selbst verstummte. Von anderen Wanderern hatten sie vereinzelt Berichte gehört und keiner hatte ihnen etwas Missliches zutragen können. Cerise und Coati wussten daher, dass ihnen nichts geschehen konnte, aber das Dunkel des unterirdischen Gangs schien mehr als bedrohlich. Coati lief ein Schauer über den Rücken und bei einem Seitenblick auf seine Gefährtin schien es dieser nicht anders zu ergehen.

Der Tunnel führte direkt durch einen Berg, der bisher zwar niemanden verletzt, aber einige Reisende gezwungen hatte, wieder umzukehren. Die Ursache für das Misslingen war nie erörtert worden, daher wussten unsere beiden nicht, was sie erwartete.

Mit angemessener Besonnenheit betraten Cerise und Coati die Dunkelheit und hielten inne, bis sich ihre Augen an den Lichtunterschied gewöhnt hatten.

"Coati, mir ist gerade klar geworden, dass wir den genauen Pfad nach Callacara nicht kennen. Mit mutigem Herzen bin ich losgegangen, um auf dieser Reise meine große Liebe zu treffen, aber jetzt schleichen sich Sorge und Zweifel in meine Gedanken."

"Tapfere Cerise, sei nicht furchtsam. Ich habe volles Vertrauen, dass unser Weg genau so erhellt ist, wie der Pfad durch den Wald, den wir im Mondschein gewandert sind. Wir müssen uns einfach von Hunkkerrs Energie leiten lassen, dann finden wir leicht unseren Weg durch den Berg."

Die beiden gingen vorwärts.

Der Tunnel verzweigte sich an einer Stelle in fünf verschiedene Richtungen. Jede davon stellte eine neue Herausforderung dar. Sie entschieden, sich nicht voneinander zu trennen, und erarbeiteten sich jeden Weg gemeinsam, so weit es ging. Als sie zum vierten Mal in einer Sackgasse ankamen, waren sie, gelinde gesagt, etwas verwirrt. Konnte es sein, dass sie tatsächlich die vier Pfade zuerst gewählt hatten, die nicht zum Eingang nach Callacara führten?

Der Erste war sehr schlammig gewesen. Sie hatten darauf achten müssen, nicht auszurutschen und ihre Gewänder zu verunreinigen.

Der Zweite war sehr schmal gewesen und hatte klebrige Wände gehabt. Hier waren sie gezwungen gewesen, hintereinander zu gehen, und hatten sich die gesamte Wegstrecke geekelt.

Der dritte Weg wurde von einem hohen kreischenden Ton begleitet, dessen Ursprung unklar war, ihre Ohren dennoch zum Höchstmaß erfüllt hatte, sodass ein Gespräch darin unmöglich blieb.

Die vierte Abzweigung war stockdunkel gewesen. Bis zum letzten Schritt hatten sich beide an den Wänden entlangtasten müssen und hatten sich darin ungeschützt und verloren gefühlt.

Du, lieber Leser, magst dich zu Recht fragen, warum die beiden keine Fackeln trugen. An diese vernünftige Hilfe hatten sie natürlich gedacht, allerdings waren diese bereits im schlammigen Gang sehr in Mitleidenschaft gezogen worden und am Ende vollends erloschen.

Cerise seufzte.

"Sieh. Die letzte mögliche Abzweigung. Ich kann es kaum glauben!"

Coati sah es auch. Am Anfang des fünften Weges war eine kleine Feuerstelle sichtbar geworden. Jemand musste in der Zwischenzeit hier gewesen sein, nur wie konnte das sein? Das Feuer war niedergebrannt, aber es war noch genügend Glut darin, um erneut entfacht zu werden. Die beiden waren dankbar für die glückliche

Fügung und klaubten ein paar Äste und Zweige zusammen, die in der Nähe zu finden waren, und wärmten sich am schnell auflodernden Feuer.

Die Fackeln wurden neu gebunden, geölt und ein kurzer Imbiss gab ihren Gliedern neue Kraft. So gestärkt machten sie sich wieder auf den Weg und sahen zu ihrer Überraschung, dass sie im fünften Tunnelzweig kein Licht benötigten. Ein glühender Lavastrom entsprang unweit des Tunneleingangs. Genau über dieser Stelle wuchs ein Bäumchen.

"Ich kann es nicht fassen. Ein solches Phänomen habe ich noch nie gesehen, Coati!"

Ihr Gefährte nickte.

"Es sollte unmöglich sein. Die Quelle ist ein viel zu heißer Ort, aber das Bäumchen gedeiht. Sollten wir wirklich den richtigen Weg gefunden haben? Es sieht sehr danach aus. Callacara ist ein geheimnisvoller und magischer Ort und auch dieser Tunnel ist kein gewöhnlicher unterirdischer Weg. Der Baum ist demnach ein Symbol für Hoffnung und die glühende Lava steht mit ihrer Hitze für Leidenschaft und Liebe."

Cerise fasste Coati an der Hand und zog ihn voran.

"Lass uns eilen, es wird nicht mehr weit sein."

Zwei tapfere Seelen traten tiefer in den Berg hinein.

Nach einer kurzweiligen Wegstrecke erblickten sie im kräftigen Lichtschein der Glut gewaltige Tore am Ende des Tunnels. Je näher sie den stattlichen Toren kamen, desto kleiner wurden sie. Eigentlich war dies eine physikalische Unmöglichkeit, sie empfanden diese Anomalie jedoch nicht weiter verwunderlich. Es gab nicht mehr viel, das unsere beiden Wanderer überraschen konnte. Auf ihren zahlreichen Reisen hatten sie schon viel erlebt, manches sogar übernatürlicher Art.

Auf einmal bemerkten sie sanfte Klänge, die wie aus dem Nichts auf sie einströmten. Die Musik kam aus jeder Richtung und ein Ursprung war unmöglich festzustellen. Dadurch abgelenkt bemerkte Coati nicht, dass Cerise bereits an den Toren stehengeblieben war, und lief direkt in sie hinein.

"AUA!" Cerise schrie laut auf. Sie liebte es, einen kleinen Schmerz theatralisch hervorzuheben. Sie erntete von dem unbedarften Coati jedes Mal einen besorgten Blick, wie auch jetzt. Erst Sekunden später sah Coati das Schmunzeln seiner Freundin und stieß sie spielerisch in die Seite. Als die leichte Energie der Späße schwand, starrten beide nachdenklich den geschlossenen Durchlass vor sich an. Die Musik verstummte im gleichen Moment und vor ihnen materialisierte sich eine großgewachsene Gestalt. Eine solche Kreatur hatte keiner von ihnen jemals zuvor zu Gesicht bekommen. Dieses Wesen besaß kein einziges Fellhaar am Körper. Aus seinem Kopf wuchsen glänzende Stränge, manche kurz, manche lang. Einige davon reichten bis an die Tunneldecke und verschwanden in der Wand, als ob das Wesen mit dem Berg selbst in Symbiose verbunden war.

Cerise flüsterte leise, damit der Wächter sie nicht hören konnte.

"Dieses Tor scheint wichtig zu sein, sonst wäre es nicht bewacht. Coati, du bist furchtlos in deiner Ansprache. Sei bitte so lieb und frage dieses Wesen, ob es uns durchlässt."

Der Nasenbär zögerte keine Sekunde. Er positionierte sich vor dem Wächter und sprach mit sicherer Stimme.

"Grüße!" Eine vortreffliche Verneigung gehörte selbstverständlich dazu. "Meine Gefährtin und ich sind auf dem Weg nach Callacara. Wir sind alle Möglichkeiten dieses Untergrundes abgegangen, und dieser Weg ist der Einzige mit einem Ausgang. Ich bitte Euch, uns zu helfen." Das Wesen rührte sich nicht. Die leichten Bewegungen der silbernen Stränge hatten sich kaum verändert, als Coati gesprochen hatte. Er begann einen erneuten Versuch. "Hochgeachteter Wächter, meine Gefährtin ist auf der Suche nach ihrem Seelenverwandten. Er befindet sich auf der anderen Seite dieses Berges und dieser Tunnel ist unsere einzige Möglichkeit, rechtzeitig dorthin zu gelangen. Es ist uns ein tiefes Anliegen und ihr ein Herzenswunsch."

Coati musste kein drittes Mal ansetzen, denn der Ausdruck des Wächters wandelte sich plötzlich. Seine Form begann, sich vollständig zu verändern.

Lieber Leser sei bitte nicht erschrocken, während ich Dir die Beschreibung dieses Wesens darbiete. Es hatte nämlich kein Angesicht im eigentlichen Sinne. Sein Ausdruck war lediglich ein Gefühl aus Harmonie, positiver Energie und Güte, mit dem unsere Wanderer sich auf einmal umgeben fühlten. Cerise und Coati empfingen zuerst die wortlose Bestätigung, dass dies tatsächlich der richtige Ausgang war und dass sie in Kürze die Erlaubnis erhalten würden, durchzugehen.

Der weise Wächter sprach daraufhin hörbar mit einer sonoren Stimme.

"Ich bin der Hüter dieses Tores. Jenseits erwartet Euch das Eis von Callacara. Lasst Eure Schritte schnell aufeinanderfolgen, denn es bleibt nicht mehr viel Zeit. Aber habt Acht! Es gibt ein weiteres Hindernis auf Eurem Wege. Bleibt mit Vertrauen gesegnet, dann werdet Ihr das erstrebte Ziel erreichen!"

Mit dieser letzten wissenden Ermahnung begannen die Stränge über ihm zu vibrieren und sich zu winden, wie Schlangen in einer Grube. Wenn die beiden im Vorfeld von ihm nicht mit so viel positiver Energie überschüttet worden wären, hätten sie nun wahrscheinlich die Flucht ergriffen. Die stählernen Zöpfe streckten sich nach ihnen und hoben sie in einer festen, aber schmerzlosen Umarmung in die Luft. Sekundenlang schwebten sie einige Fuß über dem Tunnelboden. Auf ein telepathisches Geheiß des bizarren Wächters wurden Cerise und Coati durch die Tore hindurch gehoben, als wären die Holzgebilde eine unkörperliche Substanz.

Coati fühlte eine leichte Brise, als sie durch das Portal schwebten. Für das Auge waren die Tore wie aus versteinertem Holz, wunderschön mit Verzierungen aus gegossenem Stahl beschlagen, tatsächlich waren sie aber genauso durchlässig wie die Moleküle einer Wolke. Coati traute sich nicht, seine Augen zu schließen. Zu neugierig war er auf den magischen Ort, zu dem der Wächter sie transportierte. Ein gleißendes Licht machte diese Absicht jedoch zunichte und er kniff schnell die Augen zusammen. Der kühle Luftzug war nicht mehr fühlbar, und sobald er die Augen öffnete, fand er sich neben Cerise auf dem Boden stehend auf der anderen Seite des Tunnelausgangs wieder. Als sich beide umdrehten, konnten sie noch einen letzten Blick auf die silbrigen Stränge erhaschen, wie diese sich in fliegender Eile durch das ätherische Tor zurückzogen.

Von Neugier erfüllt ging Coati darauf zu. Er ging davon aus, durch das Tor hindurch fassen zu können, aber seine Pfote traf wider Erwarten auf festes Holz. Als er Cerise verdutzt ansah, zuckte diese nur mit den Schultern und lachte.

Vor ihnen befand sich nun ein aufsteigender Weg. Sie erinnerten sich an die wunderbaren Erzählungen über diesen Ort und bestaunten den Anblick, den Callacara ihnen nun bot. Kristallklar leuchtete das Eis unter ihnen und der Schnee an den Seiten des Weges war makellos weiß. Coati kniete nieder, um es zu berühren.

"Cerise! Es ist nicht kalt! Es fühlt sich an wie feinste Seide. Ein wahres Wunder!"

Cerise tat einen vorsichtigen Schritt auf Coati zu. Ihre Augen bestätigten ihr einen spiegelglatten Untergrund, aber es bestand keine Gefahr. Es war ungewohnt, aber ihr Tritt war sicher. Wenn sie nicht auf den Boden achtete, würde sie ganz selbstverständlich gehen können.

"Tatsächlich. Lass uns schnell voranschreiten. Wir haben keine Zeit zu verlieren!"

So schnell wie an diesem Ort waren sie noch an keinem zuvor vorangekommen. Keiner daheim würde ihnen glauben, wenn sie ihre Geschichte erzählten. Sie lächelten und vereinbarten, dass sie dieses Abenteuer mit keiner weiteren Seele teilen würden.

Ihr Weg führte sie weiter durch erfrorene Wälder, auf einen Hügel hinauf, mit einer wundervollen Aussicht auf schneebedeckte Berge in der Ferne. Oben angekommen fanden sie eine Lichtung mit einem bescheiden aussehenden Haus darauf.

"Das muss es sein." Es war kleiner, als Coati es sich vorgestellt hatte.

Obwohl beide nur Mutmaßungen darüber angestellt hatten, wie der Ort von Hunkkerrs Danksagung aussehen würde, hatten sie sich doch etwas Größeres ausgemalt. Der Platz war hell erleuchtet, aber es waren keine Fackeln sichtbar. Das Leuchten kam von dem Haus selbst, das Lichtschübe in den Himmel aussendete, als würde es lebendig pulsieren.

Cerise sah erstaunt nach oben.

"Warum haben wir es zuvor nicht sehen können?"

"Der Wald war sehr dicht und wir waren zu sehr damit beschäftigt, die Umgebung zu bewundern, liebe Freundin."

Schnell wurde ihre ganze Aufmerksamkeit von den exquisiten Details des Gebäudes gefesselt. Wesen aller Hemisphären waren bereits davor versammelt und weitere Seelen schwebten etwas erhöht über der wartenden Schar, um eine lebendige Halbkugel der Sicherheit zu formen. Es war ein hypnotisierender Anblick.

Als Cerise und Coati näher kamen, traten zwei weibliche Wesen aus der Menge. Sie unterschieden sich nicht von den anderen Arten, schienen aber

165

verantwortlich für die Begrüßung der Besucher zu sein.

"Seid gegrüßt, Ihr seid hier herzlich willkommen." Obwohl der Gruß mit größter Freundlichkeit ausgesprochen wurde, war das Sprechen der beiden im Chor etwas befremdlich, wenn nicht gar etwas gruselig. "Bitte zeigt Eure Einladungen vor."

Coati war sogleich klar, dass dies das zu überwindende Hindernis war, von dem der Wächter gesprochen hatte. Er musste sich sofort etwas einfallen lassen, sonst würde Cerise ihren Hunkkerr nicht zu sehen bekommen. Ehrlichkeit war jedoch das Einzige, das ihn hier weiterbringen würde.

Couragiert wie immer entgegnete er.

"Tatsächlich haben wir keine Einladung. Wir wurden vom Wächter höchstpersönlich nach Callacara eingelassen. Bitte schenkt mir Glauben. Wir sind ohne böswilligen Gedanken gekommen, einen beschwerlichen Weg aus unserer Heimat hergewandert, und der weise Sentinel wies uns im Tunnel den Weg. Und genau wegen dieser langen Wegstrecke müsste ich Euch nun um einen Gefallen bitten. Ein Drang körperlicher Natur. Ich habe mich wohl zu oft an erquickendem Quellwasser gelabt. Lasst mich ein, ich habe kein anderes Motiv."

Es entstand eine kurze Pause und es schien, als ob das Duo in Hunkkerrs Diensten überrascht war und

166

nicht wusste, wie es reagieren sollte. Coatis persönliches Anliegen hatte sie von ihrer Frage abgelenkt.

Cerise, die hinter Coati stand, war durch die fehlende Einladung sehr entmutigt, wusste aber auch, dass die beiden Wesen ihrem Freund glaubten. Bisher hatten Wunder und Glück sie hierher geführt. Das konnte sicher nicht das Ende sein.

Das Duo zog sich zurück und beriet miteinander. Coati konnte das Zwiegespräch nicht hören, studierte ihr Mienenspiel jedoch umso genauer. Er konnte sich gut vorstellen, dass der Dialog rein telepathisch vonstattenging. Eines der Wesen kam wieder auf Coati zu und sprach allein.

"Sehr geehrter Nasenbär, Ihr werdet für diesen alleinigen Zweck hereingelassen. Wir sind euch nicht übelgesinnt. Bitte folgt mir."

Als ihr Gefährte im Inneren des Gebäudes verschwand, ließ sich Cerise auf den natürlichen steinernen Stufen an einer großen Eiche nieder und seufzte vor sich hin.

"Ich kann es nicht fassen. So weit sind wir schon gekommen und nun werde ich Hunkkerr doch nicht sehen können. Dieses Hindernis ist unmöglich zu bewältigen. Ich erinnere mich zwar an die Worte des Wächters, der uns mahnte, mit Vertrauen an unser Unterfangen zu gehen, aber ich kann mir nicht vorstellen, wie sich unser Schicksal wenden könnte. Ich hoffe, Coati beeilt sich. Ich brauche ihn an meiner Seite."

Cerise war kein Wesen, das die Hoffnung leicht aus der Hand gab, sie war jedoch erschöpft von der weiten Reise und ohne den Herzenstrost ihres Freundes schwanden ihre positiven Gedanken langsam dahin. Nach einer gefühlten Ewigkeit hörte sie Coatis Stimme im Hintergrund plötzlich charmant schmeicheln.

"Vielen, vielen Dank ihr bezaubernden Geschöpfe. Ihr wart so reizend zu mir und meiner Gefährtin, das werde ich euch nie vergessen. Vielen, vielen Dank!" Solch freundliche Ansprache war Cerise von ihm nicht gewohnt. Das eher Rüpelhafte und Direkte zeichnete ihn aus, aber jetzt schien er nichts als Dankbarkeit und Liebe auf das Duo auszustrahlen und er war noch lange nicht fertig mit den schönen Worten. "Bitte denkt nicht, dass wir aus irgendeinem anderen Grund eure wertvolle Zeit in Anspruch nehmen wollten. Dennoch sind wir nun hier. Vielleicht erlaubt uns eure angeborene Güte und Freundlichkeit dennoch Einlass in das Haus, natürlich nur falls sich die Gelegenheit bietet und sich Platz findet. Es kann ja immerhin sein, dass nicht alle geladenen Wesen den Weg hierher gefunden haben. Falls es so ist, werden wir nicht fern sein. Wir werden dort drüben, beim Stein der Eiche, warten. Nochmals, ich bin euch zu tiefem Dank verpflichtet. Ihr habt mir in der Stunde meiner größten Not geholfen. Friede sei mit euch." Eine Verbeugung schloss das Schauspiel ab.

Coati kehrte an die Seite von Cerise zurück, setzte sich aber nicht neben sie. Er positionierte sich in der Art, dass er Aussicht auf die Halbkugel über dem Haus hatte und auf das Duo, das weiterhin Begrüßungen verteilte und Einladungen entgegennahm.

Auch erstattete er seiner Freundin kontinuierlich Bericht.

"... die Seelen verlassen den Vorplatz und treten nacheinander durch die Hülle des Hauses. Die Seelen der Helfer sind fast alle verschwunden. Hunkkerr wird bestimmt bald erscheinen."

Cerise wagte nicht, aufzublicken oder sich gar umzudrehen. Sie war inzwischen zu verzweifelt, um am Geschehen teilhaben zu wollen. Die Worte ihres Freundes waren dazu gedacht, sie zu beruhigen, denn Coati spürte die Nähe der zukünftigen Ereignisse in ihrer Magengrube jetzt mehr als seinen wiederkehrenden Hunger. Für Cerise war das Gehörte jedoch nur Pein und Qual. Auch wenn sie durch ein Wunder nun Einlass gewährt bekämen, dachte sie insgeheim, die vielen Wesen vor ihnen würden ihnen den direkten Zugang zu Hunkkerr verwehren. Er würde sie nicht sehen können und demzufolge auch nicht als seine verwandte Seele erkennen. Während sie sich mit dieser dunklen Emotion plagte, entging ihr Coatis weiterhin konzentrierter Blick auf das Duo.

Er sah, dass die beiden Geschöpfe nun öfter zu ihnen blickten und offensichtlich das Schicksal der beiden abwogen. Keinen Lidschlag wagte er jetzt, sondern hielt stetig Augenkontakt mit den beiden Wesen, so oft es ihm erlaubt war. Er lächelte in sich hinein. Gleich war es so weit.

In dem Moment, als das Duo gemeinsam auf den Nasenbären blickte und ihn nickend einlud, wieder näherzukommen, hielt sich Coati nicht mit Nettigkeiten auf und raunte seiner Freundin zu.

"Cerise, steh auf ... sofort! Und folge mir."

Sie wusste instinktiv, dass sein rauer Ton aus Eile geboren war und stand sofort aufrecht. Sie vertraute ihm und stellte keine Fragen. Coati griff ihre Hand und zog sie in Richtung der nun empfänglichen Geschöpfe. Und tatsächlich. Das Duo verbeugte sich unisono vor ihnen.

"Ihr seid herzlich dazu eingeladen, einzutreten."

Sie wurden geheißen, die linke Hand aufzuhalten, und eines der Wesen legte eine goldene Münze in jede ihrer Handflächen beziehungsweise Pfote.

"Wir danken."

"Dies wird Euch Einlass gewähren. Wir wünschen Euch eine friedvolle Nacht." Mit diesen Worten lösten sie sich vor ihnen auf, wie eine Wolke bei Sonnenschein.

Die Freunde waren die Letzten auf der Lichtung und nach einer freudigen Umarmung, dass sie es tatsächlich geschafft hatten, schritten sie voran.

Die Wände waren ungetrübt und sie konnten die überirdische Struktur des Gebäudes bewundern. Weiter im Inneren konnten sie eine Abgrenzung erkennen. Die Außenwand besaß die Konsistenz des Tores zu dem Zeitpunkt, als der Sentinel sie durchgehoben hatte, und war leicht zu durchqueren. Drinnen wurden sie von warmem Licht umhüllt und fühlten sich sicher und geborgen.

Aus der undurchsichtigen Wand vor ihnen streckte sich plötzlich eine ätherische Hand und öffnete sich.

"Die goldene Münze, bitte."

Sobald die beiden ihre kostbaren Taler übergeben hatten, wurden sie von einer unsichtbaren magnetischen Macht tiefer ins Haus gezogen. Dort drinnen sahen sie zuerst nichts. Schatten umgaben sie von allen Seiten. Die Atmosphäre war entspannt, dennoch wartete jedes Wesen um sie herum auf den Beginn von etwas und die Vorfreude war in der Luft zu spüren. Ihre Augen gewöhnten sich an die Dunkelheit und Cerise erkannte, dass sie zwar als Letzte eingetreten waren, nun aber an vorderster Stelle standen.

Hunkkerr war es gewohnt, in einer besonderen Szene zu erscheinen, und diese konnten sie nun wenige Fuß vor sich erahnen. Als Coati das hellrote Wesen neben sich ansah, konnte er ihre Wonne sogar wittern. Die Euphorie des Glückes hatte einen bezaubernden Duft.

"Coati, das alles ist kein Zufall mehr. Wenn es so etwas tatsächlich geben würde, dann haben wir jeden nur möglichen Zufall angetroffen."

An Zufälle glaubten beide nicht. Coati sah sich um. Der Raum erschien nun noch etwas heller. Er war noch nie zuvor an einem solchen Ort gewesen und fühlte die Neugier stärker werden. Mit der Vorfreude von Cerise konnte er sein eigenes Gefühl nicht vergleichen, denn für ihn war dieses ein Abenteuer anderer Natur. Aber sogar er konnte sich der Energie im Raum nicht erwehren, die aus jeder anwesenden Seele strömte.

Endlich flutete mehr Licht in den Raum. Die Menge der artreichen Wesen wurde lebendig. Auf einem erhöhten Olymp vor ihnen glitzerten Brillanten in allen Formen und Edelsteine in den verschiedensten Farben. Hunkkerrs Helfer kamen einer nach dem anderen zum Vorschein und wurden von einer ungesehenen Lichtquelle an ihre Stelle geführt. Es schien einen vorgemerkten Platz für sie zu geben. Bei jedem neuen Wesen, das erschien, ging ein andächtiges Staunen durch die Menge. Coati war von dem Spektakel fasziniert. Die Bewunderung dieser Wesen war ihm neu und hätte er von Cerise vorher nicht über Hunkkerr und seine Helfer gehört, hätte er das alles nicht einmal annähernd verstanden. Warum seine Freundin ihn sehen wollte, das war ihm klar. Aber diese vielen in Ehrfurcht versunkenen Wesen ... es war äußerst ungewöhnlich.

Auf dem Olymp befanden sich nun vier seiner Helfer, jeder von der Natur mit einem anderen Talent beschenkt. So wie Cerise es erklärt hatte, half jedes dieser Talente Hunkkerr dabei, seine Aufgabe zu erfüllen. Als jeder seinen Platz eingenommen hatte, wurde es im Raum still, als ob ein unhörbares Kommando ertönt wäre. Cerise griff nach der Pfote ihres Freundes und hielt sich daran fest, so gut sie konnte. Das war der Moment, auf den sie so lange gewartet hatte. Ihr Herz schlug mit doppelter Geschwindigkeit.

Dann zeigte er sich ... mitten auf dem Olymp.

Hunkkerr war wie von Zauberhand erschienen. Die Menge war sofort außer sich und die Energie strömte von allen Seiten zu ihm hinauf. Coati sah voller Respekt nach oben. Also das war die große Liebe von Cerise. In seinen prophetischen Träumen hatte er ihn bereits erblickt, aber nur sein innerstes Abbild. Was er hier sah, war viel charismatischer und strahlte mit der Energie von mehreren Sonnen.

Hunkkerr schaute auf die vielen Wesen hinab und ließ seinen Blick andächtig von links nach rechts schweifen. Das war sein Lebenssaft, der Atem, der ihn am Leben hielt. Die ganze Energie, die er zum Leben benötigte, befand sich direkt vor ihm. Er verbeugte sich und richtete sich mit ausgestreckten Armen wieder auf. Ein atemberaubender Wasserfall aller zuvor gereichten Goldmünzen ergoss sich auf sein Haupt. Keine einzige davon traf den Boden unter ihm, alle wurden von seinem Körper absorbiert, indem sie zu Goldstaub zerfielen. Zusammen mit den Edelsteinen hinter ihm entstand ein Kaleidoskop aus funkelnden Farben. Zu keiner Zeit jedoch wirkte Hunkkerr überheblich.

Cerise hatte von ihm als bescheidenem Mann gesprochen. In seinem Innersten wäre er überaus spirituell, hatte sie gesagt. Sein Bestreben sei das Glück aller, die ihm folgten. Die Goldmünzen waren ein Energieausgleich zu dem, was er im Begriff war, zu verteilen.

Hunkkerrs Blick erreichte den äußersten Teil des Raumes, in dem unsere Wanderer standen. Cerise stand in vorderster Reihe. Coati beobachtete Hunkkerr und sah, wie dessen Blick auf dem hübschen Wesen neben ihm verweilte. Ihm wurde schlagartig bewusst, wer dort stand und Coati konnte nicht fassen, was er in Hunkkerrs Gesicht las. Sein Blick blieb auf Cerise, spiegelte kurz danach ungläubiges Staunen, ohne zu einer weiteren Bewegung fähig zu sein. Er war so intensiv auf sie fixiert, dass Coati Angst hatte, selbst auf Cerise zu sehen und dann etwas davon zu verpassen. Trotz seiner vorangegangen Prophezeiungen war er höchst überrascht, dass seine Vision Realität geworden war. Hunkkerrs Arme sanken zu seiner Seite, seine Augen verließen Cerise keinen einzigen Augenblick und sein Gesicht erhellte sich mit einem Lächeln. Dieser Moment erschien Coati wie eine zur Unendlichkeit erstarrte Sekunde. Das war der Moment aus seinem Traum. Der Moment des Erkennens.

Hunkkerr wusste, dies war seine Seelenverwandte.

Dieser Moment war weder von Deiner noch von jener Welt, werter Leser. Unser Nasenbär bekam zum ersten Mal den wahrhaftigen Beweis für seine Fähigkeiten. Für ihn war es immer schwierig gewesen, die Realität seiner Träume zu begreifen, denn er war ein sachlich denkendes Wesen mit einem natürlichen Hang zur Logik. Üblicherweise gab er die Träume nur weiter und sah selten deren Auswirkung und die weitere Entwicklung der Hilfesuchenden. Hier war es anders und er war so glücklich für seine Freundin, dass er vor Freude fast zersprang.

Als Hunkkerr den Blickkontakt zu Cerise abbrach, konnte Coati seine Aufmerksamkeit von ihm lösen und seine Freundin anschauen. Ihre Züge waren in einem seligen Lächeln verschmolzen. Sie träumte mit offenen Augen. Natürlich hatte sie Hunkkerrs Gefühle erwidert.

"Hat er mich wirklich gerade angesehen? Hat er das? Hat er? Er hat, nicht wahr?"

Coati konnte nur nicken und die Hand seiner Freundin fester drücken, denn Hunkkerrs Darbietung hatte begonnen. Während er den Rest der Nacht die anwesenden Kreaturen inspirierte, gab es mehrere Augenblicke, in denen seine Augen die von Cerise suchten und fanden. Es war, als ob eine starke Macht ihn zu ihr zog. Hunkkerr konnte sich dessen nicht erwehren.

Cerise umgab ein goldenes Licht, das im Laufe der Nacht immer stärker glühte. Dies hatte nur einen einzigen Grund: Hunkkerr hatte die goldene Aura mit seiner verwandten Seele geteilt, damit er sie immer wieder finden konnte.

Coati genoss dieses Schauspiel mehr als die eigentliche Vorführung. Die Faszination, die Cerise auf Hunkkerr ausübte, war ein wunderbares Mysterium. Coatis Gedanken kreisten auch um das mysteriöse Päckchen, dass Cerise ihm zur Aufbewahrung gegeben hatte und um die Ausführung des Planes, es Hunkkerr zu überreichen. Das alleine bereitete Coati noch keine Sorge. Bisher waren sie problemlos über alle Hürden gekommen. Sicherlich würde der Weg vor ihnen genauso weitergehen.

Der Weg der beiden bis zu diesem Punkt war gleichsam außergewöhnlich wie ihre Freundschaft. Lieber Leser, denke an den besten Gefährten in Deinem Leben und füge die doppelte Portion Liebe, Ehrlichkeit und Vertrauen hinzu. Sogar dann wirst du die Freundschaft dieser beiden Kreaturen nur erahnen können. An verschiedenen Orten konnten beide telepathisch besser kommunizieren als so manche menschliche Seelen, die beieinander standen. An zusammen verbrachten ruhigen Abenden fühlten sie die Stimmung des anderen und konnten darauf eingehen. Sie wurden einander nie müde und waren immer daran interessiert, was der andere zu erzählen hatte. Eine solche Freundschaft war sehr wertvoll und sie schätzten ihre Existenz.

Cerise und Coati hatten unterschiedliche Talente, einige davon hatte ich bereits erwähnt, wie zum Beispiel Coatis prophetische Träume und bewusstes Agieren darin. Er half damit jedem, der seinen Beistand wünschte. Er verlangte für seine Hilfe keine bestimmte Anzahl Münzen, sondern überließ es den Bittstellern, den Wert ihres Problems zu bestimmen und ihm dementsprechend eine Entlohnung zu geben. Oft waren es nicht Münzen, sondern frische Eier oder andere Nahrungsmittel.

Cerise wiederum hatte die seltene Gabe der friedlichen Kommunikation mit anderen Arten. Jedes Tier war für sie ein offenes Buch und sie nutzte jede Gelegenheit, um mit diesen Wesen zu kommunizieren. Sie fand heraus, welche Beschwerden und Leiden sie hatten, und konnte ihnen dadurch die passende Hilfe zuteilwerden lassen. Sie gab dieses Wissen gerne und oft an Wissbegierige weiter und fühlte sich auch in größeren Gruppen sehr wohl. Letzteres verband sie mit Hunkkerr.

Als Cerise und Coati nach dem einzigartigen Schauspiel aus dem Gebäude heraustraten, ging Coati gedanklich die verschiedenen Möglichkeiten durch, den zweiten Wunsch von Cerise Wirklichkeit werden zu lassen. Während sie es sich an einem lauschigen Plätzchen auf der Lichtung bequem machte, umrundete Coati das Gebäude. Er hoffte, auf diese Weise Hunkkerr zu treffen, um ihm ihr Geschenk zu überreichen. Es war ein Freundschaftsdienst, denn Cerise hatte sich geweigert, es selbst zu probieren. Nach den Vorkommnissen des Abends war sie viel zu nervös. Leider fand der Nasenbär ihn nicht persönlich an und musste einen von Hunkkerrs Helfern mit dem Geschenk zu ihm schicken. Er zweifelte aber nicht daran, dass es trotzdem seinen Weg zu Hunkkerr finden würde, und kehrte zu seiner Freundin zurück. Sie saß auf einer Bank aus gläsernem Eis. Coati setzte sich erst zögerlich dazu, aber genau wie die Erde in Callacara war sie nicht kalt.

Um sie herum standen die nächtlichen Gäste in kleineren Gruppen zusammen und genossen allerlei Köstlichkeiten und gemeinschaftlichen Umtrunk.

"Cerise", flüsterte Coati, "ich kann zwei von Hunkkerrs Helfern sehen. Das wäre doch ein fantastischer Moment, ihnen unsere Aufwartung zu machen, was meinst du? Es könnte ja sein, dass Hunkkerr bald zu ihnen stößt."

Cerise starrte ihren Gefährten erschrocken an.

"Auf keinen Fall! Ich könnte keinen Ton hervorbringen, dazu bin ich viel zu aufgewühlt. Aber lieber Freund, wenn du dich unter diese Wesen mischen möchtest, dann habe ich nichts dagegen. Geh und probiere einige der Köstlichkeiten. Ich selbst bleibe außer Sichtweite."

Coati konnte diese Gefühlsregung von Cerise nicht nachvollziehen. Für ihn waren diese Wesen keine höhergestellten Seelen, auch wenn Bewunderer von allen Teilen der Erde ihretwegen hier versammelt waren. Jedes Wesen hatte wertvolle Talente und war an sich wertvoll. Sachlich ging er dazu über, laut nachzudenken.

"Ich möchte gerne mit ihnen reden. Bevor wir uns auf den Weg nach Hause machen, ist es mein Bestreben, herauszufinden, ob Hunkkerr dein Geschenk erhalten hat."

Cerises Herz wurde von einem Gefühl der Dankbarkeit überschwemmt und sie begann sofort, Coati mit den Helfern vertraut zu machen. Ein Wesen hob sie besonders hervor.

"Siehst du das Wesen bei der großen Eiche? Das ist Chilli. Sie ist Hunkkerrs engste Vertraute und langjährige Weggefährtin."

"Wenn das Hunkkerrs Vertraute ist, warum gehen wir nicht hin und reden beide mit ihr?" Coati wollte noch nicht aufgeben.

Cerise erhob sich von der Bank, um ihrer erneuten Verweigerung Nachdruck zu verleihen. Diesmal drohte sie sogar damit, von der Lichtung wegzugehen, und der Nasenbär gab den Versuch auf, sie überreden zu wollen. Stattdessen beobachtete er die Helfer, um einen passenden Zeitpunkt zu finden, um dazuzustoßen.

Als einige Bewunderer sich verabschiedeten, ergriff Coati seine Chance und ging ohne Zögern auf Chilli zu.

"Sei gegrüßt, ehrenwerte Chilli. Der Name ist doch richtig?"

"Ja, das ist er. Grüße auch dir. Sei willkommen!"

Die verbliebenen Bewunderer entfernten sich.

"Ich wollte nicht unterbrechen."

"Nein, keine Sorge." Chilli lächelte ihn an und ein warmes Gefühl breitete sich bei ihm aus.

Er stellte sich vor.

"Mein Name ist Coati. Ich wollte Dich gerne kennenlernen. Ich muss gestehen, dass ich mir deiner Existenz vor dieser Nacht nicht bewusst war. Auch von deiner Kunst habe ich erst heute erfahren. Ich bin mit einer Freundin hier, die Hunkkerrs Lehren bewundert."

"Oh, das macht nichts. Es gibt viele, die noch nichts von uns gehört haben. Woher seid ihr angereist?"

Coati erzählte dem interessanten Wesen von seiner Herkunft und von den Gefilden, aus denen sie hergewandert waren. Er fragte auch nach Chillis Wurzeln im Hochland von Gwyrdd. Cerise hatte ihm zuvor davon berichtet. Die Unterhaltung sprudelte so angenehm vor sich hin wie ein Frühlingsbach und es war derart ungezwungen, als wären sie schon jahrelang befreundet. Coati war sehr überrascht, als einer der anderen Helfer ihm einen Krug Wein anbot, und lehnte ihn zuerst ab, aber auf weiteres Drängen nahm er ihn erfreut an. Die Geste allein war an sich nichts Besonderes, aber die natürliche Nähe und Gemeinschaft, die er in der Runde der Helfer fühlte, war wie ein Nachhausekommen. Dass Chillis Freunde bei der Offerte des Trankes sein Nein nicht akzeptiert hatten und er behandelt wurde, wie ein alter Bekannter, war erstaunlich. Coati konnte langsam nachvollziehen, warum Cerise diese Wesen verehrte. Alle Beteiligten waren voll positiver Energie.

Coati hätte fast alles um ihn herum vergessen, bis Chilli nachfragte.

"Was hat dich in unsere Gefilde gebracht? Ich habe gehört, das Callacara ein Platz des Übergangs ist und zum Verweilen nicht geeignet."

"Das stimmt. Ich komme von weit her. Es war eine lange Wanderung. Meine Gefährtin, die mit mir gereist ist, hat mich hierher eingeladen. Sie ist eine langjährige Bewunderin von Hunkkerr und wollte ihm mit einem künstlerischen Präsent ihre Aufwartung machen. Ich hoffe, er wird es erhalten. Ich habe es vorhin einem der Helfer überreicht."

"Ich bin sicher, dass es zu ihm gelangt. Er musste nach der Darbietung zügig weiter. Unser nächster Lichtort ist zwar nah, jedoch möchte er vorher die Stätte reinigen."

Das zu hören freute Coati sehr. Er würde Cerise die gute Nachricht ausrichten können.

"Meine Gefährtin heißt Cerise. Sie hat schon sehr oft deine Heimat des Hochlands von Gwyrdd bereist. Ich hoffe, dass ich bald selbst einmal die Schönheit der dortigen Gefilde erblicken kann. Ich würde sehr gerne mehr darüber hören." Coati konnte in Chillis Augen erkennen, wie sehr sie die Komplimente über Schönheit und Klangfarbe ihrer Stimme genoss. Die

Melodie war eine Eigenart der Gefilde des Hochlands von Gwyrdd.

"Ich danke dir, werter Coati. Viele Wesen finden es schwierig, mich zu verstehen."

Einen Moment lang verharrten beide in Gedanken, sprachen aber bald wieder von allen möglichen Dingen, lachten und spaßten miteinander. Chilli fragte nach Coatis Alter, aber ging nicht weiter darauf ein, nachdem er antwortete. Der Grund ihrer Neugier würde ihm für immer verborgen bleiben.

Cerise war trotz ihrer Nervosität auf der Lichtung geblieben und hatte sich lediglich ein paar Schritte entfernt, nachdem ihr Gefährte zu den Helfern gegangen war. Versunken in der Textur des üppigen Waldes um sie herum, kreisten ihre Gedanken um diese schicksalhafte Nacht. Das Glück, Hunkkerr so nahe gewesen zu sein und dieses Gefühl der Innigkeit mit ihm zu teilen, würde sie für immer im Herzen tragen. Dass sie nicht mit ihm geredet hatte, war im Lichte der Vorkommnisse in den Schatten getreten.

Langsam fing ihr Magen an zu knurren und sie sah sich nach Coati um. Viele der Wesen hatten sich schon auf den Heimweg gemacht. Die Lichtung war fast seelenleer. Als sie Coati im Kreise der Helfer erblickte, traute sie ihren Augen nicht. Da stand ihr lieber Nasenbär, fröhlich lachend in vertrauter Manier neben

Chilli und hielt einen Krug in der Hand, der von einem nahestehenden Helfer gerade aufgefüllt wurde.

Geehrter Leser, Du musst Dir bitte vergegenwärtigen, was dieser Anblick für Cerise bedeutete. Sie hatte zu allen Zeiten einen respektvollen Abstand zu Hunkkerrs Helfern gehalten, um nicht den Eindruck einer forschen Bewunderin zu geben. Sie wollte das Ausmaß ihrer Bewunderung für Hunkkerr, seine Helfer und deren Talente nie öffentlich kundtun, indem sie offen deren Nähe suchte. Die langjährige Hochschätzung hatte sie bisher immer in Verlegenheit gefesselt, und nun sah sie Coati, wie dieser frei und unbefangen mit Chilli sprach, als wäre dieses Wesen überhaupt nichts Besonderes.

"Ich glaube es nicht. Coati steht neben Chilli, Hunkkerrs engster Vertrauter", staunte Cerise. Natürlich hatte sie ihren Freund selbst dorthin geschickt, um nach dem Verbleib ihres Geschenks zu fragen, aber das ... das hatte sie nicht erwartet. "Er scheint sich köstlich zu amüsieren. Ich werde hingehen und mir die Situation aus der Nähe ansehen." Cerises Anspannung war verflogen. Ihre Neugier ließ alles andere vergessen. In Coatis Nähe fühlte sie sich sicher und wohl und das konnten noch nicht einmal Hunkkerrs Helfer ändern. Immer noch verblüfft näherte sie sich der kleinen Gruppe.

An Coatis Seite angekommen, sprach sie einen leisen Gruß in Chillis Richtung. Coati wurde sich seiner Gefährtin sofort gewahr und strahlte nun noch mehr als zuvor.

Stolz schwang in seiner Stimme mit.

"Dies ist meine wunderschöne Freundin Cerise, die das Geschenk für Hunkkerr dargereicht hat." Chilli war entzückt über die Begegnung und hörte Coatis Lobpreisungen über Cerise gebannt zu. "Sie hat ein bemerkenswertes Talent, und zwar ist sie der Sprache des Hochlands von Gwyrdd mächtig."

"Oh wirklich?" Chilli war begeistert.

Cerise widersprach halbherzig, innerlich aber von Coatis Worten tief gerührt.

Coati gab sich viel Mühe, alle vorteilhaften Aspekte von Cerise hervorzuheben. Dann aber ging er dazu über, Chilli mit einem schelmischen Blick ihre eigene Neugier zu spiegeln.

"Chilli, du fragtest mich nach meinen Lebensjahren. Wie ist es denn um dich bestellt? Wie lange wandelst du denn schon auf unseren Erden? Sehr lange kann es nicht sein."

Chilli wurde verlegen und schaute zur Seite. Zögernd nannte sie ein höheres Alter, als es Coati vorhin angegeben hatte. Er wusste die Situation allerdings sofort in eine wohlige Atmosphäre zu wandeln.

"Das hätte ich nicht gedacht. Du siehst fantastisch und jugendhaft aus. Es muss an der Luft des Hochlands von Gwyrdd liegen." Wellen einer innigen Freundschaft strömten aus Coatis Herzen.

Der kleine Zirkel stand noch bis in die frühen Morgenstunden zusammen, bevor sich alle auf den Heimweg machen mussten. Es war eine fantastische Nacht gewesen. Seelen hatten sich gefunden und in Liebe oder Freundschaft vereint. Mit vertrauten Worten und bindenden Umarmungen verabschiedeten sich unsere Wanderer von Hunkkerrs Helfern und machten sich leichtfüßig auf die Heimreise.

Chilli hatte Coati einen Kuss auf jede Wange geschenkt. In ihrem Gesicht spiegelte sich der Schmerz ihrer Trennung. Später würde Coati behaupten, dass er es war, der Chilli an sich herangezogen und geküsst hatte, aber Cerise ließ sich nicht beirren und wusste, was sie gesehen hatte.

Kapitel 3

Ihr Marsch führte sie den gleichen Weg, den sie gekommen waren. Vereiste Hänge hinunter, durch den schneebedeckten Wald und zum versteinerten Holztor zurück, das am Berg wieder erschienen war, sobald Cerise und Coati sich näherten. Diesmal war es nicht bewacht und leicht passierbar. Problemlos kamen sie durch den Tunnel in ihrem Heimatwald an.

Keine Minute verging, ohne angeregte Unterhaltung über die vergangenen Stunden. Coati musste auf Wunsch von Cerise immer wieder die Situation schildern, in der Hunkkerr sie erblickt und erkannt hatte. Dieser Bitte einer betörten Freundin gab er gerne nach, jedoch hätte er mehr Augenmerk auf die Wälder um sie herum haben sollen, denn in diesen frühen Morgenstunden waren sie nicht alleine unterwegs.

Tatsächlich lebten zwei magische Geschöpfe in dem Forst. Es waren keine gefährlichen Monster, sondern zwei mystische Drachen. Du, werter Leser, magst einwenden, dass diese im klassischen Sinn doch furchtbare Ungeheuer sind, allerdings muss ich Dir hier widersprechen. Bis zum heutigen Tage wurde keinem Wanderer von diesen beiden auch nur ein Haar gekrümmt. Weder durch den mächtigen Schlag ihrer Drachenschwänze noch durch das alles verzehrende Feuer aus ihren Rachen. Diese zwei Drachen hatten sogar den Ruf, auf schnellstem Wege in ihre blutrote Höhle zu entschwinden, sollten sie nahende Seelen erblicken. Du magst neugierig sein, warum sich dann so viele Wanderer vor ihnen fürchteten und das zurecht. Mit Deiner Erlaubnis werde ich die Zusammenhänge erhellen.

Diese zwei Drachen waren Kreaturen der Liebe und Leidenschaft. Ihre Namen waren Fusco und Fuoco und sie ernährten sich von den Passionen und Gefühlen der Seelenwesen, die durch ihren Wald streiften. Ja, es war ihr Wald, denn kein mächtigeres Wesen hatte es bisher geschafft, ihnen diesen Platz streitig zu machen. Sie lebten von der Intensität von Emotionen und saugten so lange an der Energie der vorbeistreifenden Herzen, bis jeder letzte Tropfen aufgebraucht war. Es war kein körperlicher Angriff mit nachfolgenden Schmerzen im herkömmlichen Sinne, aber ein spiritueller. Natürlich war nicht jeder Wanderer von Interesse für Fusco und Fuoco. Sie rochen nur diejenigen mit extremen Empfindungen. Für ausgeglichene Gemüter interessierten sie sich nicht und zogen es stattdessen vor, in ihrer warmen Höhle zu dösen. Als Cerise und Coati an diesem Morgen jedoch durch ihr Revier zogen, waren die Drachen sofort alarmiert. Der Duft dieser zwei Freunde war für sie wie frisches Blut für einen Meeresjäger.

Fusco und Fuoco waren nachts völlig unsichtbar, weil sie bei Mondschein sein Licht reflektierten und dadurch ihre unmittelbare Umgebung abbildeten. In mondlosen Nächten und bei Dämmerung war ihre Täuschung weniger gelungen, allerdings erlaubten ihre lautlosen Schwingen ihnen, sich unbedarften Opfern jederzeit aus der Luft zu nähern.

Sie flogen in die unmittelbare Nähe von Cerise und Coati und beschrieben immer enger werdende Kreise um die beiden. Mit jedem Flügelschlag sogen sie die glückliche Energie in sich auf und labten sich an der Euphorie, die Cerise versprühte. Das Resultat waren schleichende Zweifel und aufkeimende Ängste. Cerise begann plötzlich, sich Sorgen zu machen, dass sie sich das alles nur eingebildet hatte und dass sie Hunkkerr nie wiedersehen würde.

Nach vielen "was wäre wenn" und "kann es wirklich sein" Dialogen verstummten beide Freunde niedergeschlagen. Die ungesehenen Angriffe hatten sie im Licht der aufgehenden Sonne vollkommen ausgelaugt zurückgelassen. Coatis logisches Denken durchbrach den mystischen Kreis der Drachen letztendlich, auch wenn diese bereits satt und zufrieden ihre letzten Flügelschläge in Richtung ihrer Höhle taten.

"Liebe Cerise, lass uns nicht über Dinge spekulieren, die wir nicht beeinflussen können. Wir hatten eine fantastische Zeit und haben zudem geschafft, was wir uns vorgenommen hatten, nämlich dein Geschenk zu überbringen und meine Vision Wirklichkeit werden zu lassen. Hunkkerr hat dich als seine Seelenverwandte erkannt. Schau, die Sonne geht bereits golden am Horizont auf. Es gibt keinen Grund, unglücklich zu sein. Lass uns nach Hause gehen und uns unsere wohlverdiente Ruhe gönnen. Wenn wir wieder wach werden, sprechen wir erneut darüber. Wir sind erschöpft. Nach einem ausgiebigen Schläfchen wirst du sehen können, wie einzigartig unser Erlebnis tatsächlich war." Coati konnte jeder Situation eine positive Seite abgewinnen.

Von dem Zeitpunkt an übernahm das Schicksal wieder die Kontrolle über das Leben unserer beiden Freunde.

Werter Leser, vergiss jedoch nicht, jeder ist seines eigenen Glückes *und* seines eigenen Schicksals Schmied.

Hellfire

Brennendes Verlangen

Ich bin pervers.

Das sagt jedenfalls meine Frau. Ich bin da anderer Meinung. Die Scheidungspapiere auf dem Tisch vor mir dokumentieren lediglich unsere unüberbrückbaren Differenzen, keine weiteren Details. Für die Anwälte waren die peinlichen Ausführungen meiner Frau, jetzt bald Ex-Frau, keine wirkliche Grundlage für die Trennung, also hat man sich auf bürokratische Füllwörter geeinigt, um es schnell über die Bühne zu bekommen. Mir eigentlich auch egal. Das ist alles ziemlich scheiße gelaufen, anders kann man es nicht sagen.

Ich denke, diese Heirat war von Anfang an eine schlechte Idee. Was mich damals geritten hat, werd ich nie verstehen. Nun ja, außer meine Frau, aber ich bin auch nur ein Mann und sie sah damals aus wie eine junge Göttin.

Meine Eltern waren über alle Maßen aufgebracht und sie sind wahrlich keine Menschen, die sich leicht aufregen. Elisabeth ist extra den ganzen Weg nach Bedford gereist, um ihnen zu schildern, was ich alles falsch mache und um ihnen mitzuteilen, dass sie sich von mir scheiden lässt. Damit wollte sie unterstreichen, wie ernst es ihr war. Von der Ostküste aus ist es ein ganzes Stück Fahrt, aber wenigstens hat sie die Kinder daheim gelassen.

Mom und Dad sind Texaner und strenge Kirchgänger - eine äußerst pikante Mischung. Sie haben sich mir gegenüber seither in keiner Weise geäußert, was die unangenehmen Geschichten anging. Ich werde wohl nie erfahren, was Elisabeth ihnen alles erzählt hat, denn mit jahrelanger Übung kann man gewisse Dinge sehr elegant ignorieren. Alles totschweigen, das ist deren Mantra. Sie stören sich lediglich daran, dass ich mich scheiden lasse.

Wieder.

Als gläubiger Christ.

Als gelernter Pastor.

Ich arbeite schon seit meiner ersten Scheidung nicht mehr in meinem Beruf. Das ist ihnen auch über alle Maßen peinlich, besonders in ihrer Gemeinde. Er hat es nicht ausgesprochen, aber ich weiß, für meinen Vater habe ich versagt.

Mein Vater, der Green Béret. Militär über alles. Ein Vater, der nie Emotionen zeigt. Wahrlich, es war eine tolle Kindheit.

Meine Mutter rief nach Elisabeths Besuch weinend an, um zu fragen, was mit den Kindern passiert. Klar, dass sie sich nun an den Enkeln festhält, aber ich hatte keine Antwort für sie. Was Elisabeth mit meiner Mutter ausmacht, ist mir scheißegal. Ich habe mit Ach und Krach durchgekriegt, dass ich meine Kids an jedem zweiten Wochenende sehen kann. Die Ferien nur nach Absprache mit der Heiligen, sie kann mir also nicht verbieten, meine Engel zu sehen.

Mit ihrer Heiligtuerei hat Elisabeth sich ins eigene Bein geschossen, denn der Richter hat sehr gleichgültig ausgesehen, als sie versuchte, meinen schlechten Einfluss geltend zu machen. Von wegen: sexuelle Eskapaden. Das wäre bei einer Richterin sicher anders gelaufen, aber der Typ interessierte sich nicht für meine diversen Konten bei Sex-Seiten im Netz. Immerhin hat er auch einen Schwanz. Oder er hatte eine eigene keifende Ehefrau daheim.

Zwischenzeitlich bin ich in ein Apartment umgezogen und habe ihr das Haus überlassen, aber nur der Kindern wegen. Sie sollen nicht leiden, weil wir uns hassen. Ich mag in vielem Scheiße sein, aber ein guter Vater zu bleiben ist eine Verantwortung, der ich weder aus dem Weg gehen werde, noch mich entziehen *will*.

Verstehen Sie mich nicht falsch, ich mag meine Frau nicht. Alles, das sie in den letzten Jahren gemacht hat, war, auf meine Kosten zu leben und mein Geld für Scheißdreck auszugeben, den kein Mensch braucht. Ich habe sie kennengelernt und ausgeführt, weil ich scharf auf sie war. Weiter habe ich damals nicht gedacht. Dann wurde sie schwanger und alles Weitere war gesellschaftliche Konditionierung.

Elisabeth ist ein nerviges Detail meines Lebens, meine Kinder jedoch vergöttere ich.

Ich arbeite bei einer Immobilienfirma für die Buchhaltungsabteilung. Nebenher bin ich auch so etwas wie der inoffizielle Assistent des Chefs. Alles, was der faule Sack nicht machen möchte, überlässt er mir.

Die finanzielle Seite fällt mir leicht. Zwischen den Büchern und dem Sklavendienst bleibt mir genügend Zeit, um im Internet zu surfen. Irgendwie muss ich mich ja von der Tatsache ablenken, dass meine Scheidung an diesem Montag gültig gesprochen wird. Mein Leben wird sich ändern und das bestimmt nicht zum Besseren.

Trotz einer gewissen Menge an Stress ist der Job ein Lichtblick meines Alltags. Zahlen sind meine Passion und ich bin gut in dem, was ich tue. Anerkennung aber Fehlanzeige, weder finanziell noch durch Worte. Mein Vorteil ist, dass ich mein Pensum schnell erledige und dann nur noch so tue, als würde ich arbeiten. Das ist als Ausgleich gut genug, wenigstens momentan.

Wenn ich mich umdrehe, habe ich einen sehr schönen Blick auf die Stadt. Mein Bildschirm ist zum Fenster hin ausgerichtet, denn nur so kann ich jeden

Kollegen und vor allem jede Kollegin sehen, die auf mich zukommt. Manche der Typen sind ganz in Ordnung und ich weiß, bei wem ich mir keine Sorgen machen muss. Einer von ihnen, Marcus, versorgt mich manchmal sogar mit Links zu Pornoseiten. Natürlich nicht per E-Mail, sondern nur handschriftlich. Solche Informationen werden immer sehr diskret ausgetauscht. Im Gegenzug bekommt er hin und wieder lukrative Tipps aus unserer Datenbank, wenn er ein besonders gutes Objekt benötigt. Es müssen immer Bonitätsprüfungen gemacht werden und diverse Bankdetails geklärt werden. Ich habe auf alles Zugriff und trenne die Spreu vom Weizen.

Marcus ging gerade wieder an meinem Tisch vorbei. Er hatte einen kleinen Stapel Akten in der Hand und zwinkerte mir zu, als er sie in meinen Eingangskorb legte. Das war ein Zeichen dafür, dass er wieder erfolgreich recherchiert hatte. Ich zwinkerte zurück, dabei tippte ich weiter, als wäre nichts geschehen. Als ich nach den Akten griff, lag tatsächlich ein Blatt mit drei Internetadressen im Einschlag, das schnell unter meiner Arbeitsauflage verschwand.

Marcus lieferte immer spannende Sachen. Neben jeder Adresse war eine Nummer notiert. Das war unser privates Punktesystem. Je höher, desto geiler. Es ging bis zehn. Ich war erfreut, eine Sieben und eine Acht zu sehen.

Die Ehe mit Elisabeth war insgesamt sehr unbefriedigend gewesen. Körperkontakt war in der Hochzeitsnacht ein No-Go gewesen, damals mit der Ausrede, sie hätte ihre Tage. Ich Idiot ließ den Vorwand gelten, aber kaum aus den Flitterwochen heraus, war mir klar, dass ich eine frigide Zicke geheiratet hatte. Richtig zusammen geschlafen hatten wir vor der Hochzeit kaum, auch wenn es mir sehr schwergefallen war. Sie musste gewusst haben, dass meine Familiengeschichte ihr hierbei helfen würde. In dieser mageren Zeit war das Medium des Internets ein dürftiger, aber notwendiger Ersatz gewesen. Die Spritztouren zu einschlägigen Etablissements waren da schon besser.

Sie fragen sich bestimmt, wie meine Kinder zustande gekommen sind, nicht wahr? Der Realität einer Ehe konnte auch so eine wie Elisabeth nicht konstant ausweichen. So oft musste ich ihr gar nicht drohen, dass ihre geliebten Mani- und Pediküren ausbleiben würden. Sie gab Unmengen meines Geldes für Wellness aus, aber noch leichter als diese kleinen Nötigungen war die Tatsache, dass ich mir einfach nahm, was mir zustand. Ja, Sie haben richtig gehört, ich habe meine Frau vergewaltigt. Und nicht nur einmal. Sie dürfen ruhig die Nase rümpfen. Elisabeth war meine Frau und somit gehörte ihr Körper mir. Steht sogar in der Bibel, also behalten Sie Ihr Jüngstes Gericht für sich. Wer von euch ohne Sünde ist, werfe als Erster einen Stein.

Die Stripklubs sind eine tolle Sache, besonders die, in denen das Bordell gleich in der Nähe ist. Aber viele der Tänzerinnen haben auch kein Problem damit, dem Puff Konkurrenz zu machen. Geld ist Macht.

Manchmal gehe ich mit Marcus, üblicherweise jedoch alleine. Letzteres bevorzugte ich, denn dann kann ich komplett in meiner Fantasiewelt eintauchen. Es hilft der Stimmung nicht wirklich weiter, wenn ein Mädchen die Hand in meiner Hose hat und der Kollege neben dran sitzt. Sonst mag er ein Gleichgesinnter sein, aber solche Momente teile ich ungern.

Endlich.

Feierabend.

Ich gehe immer unter den ersten, aber deswegen kann mir niemand an den Karren fahren. Was wollen die Affen denn sagen? Dass ich meine Arbeit zu schnell erledige?

Anschwärzen könnte mich höchstens die neue Praktikantin, Chloé, der ich letztens in den Schritt gefasst habe. Wollte nur mal wissen, wie sie sich anfühlt. Sie hat sich auch gar nicht gewehrt, nur dagestanden und mich mit großen Rehaugen angesehen. Ich hätte gerne noch mehr getan, aber wir standen mitten in der Gemeinschaftsküche und die hat eine Glastür. War nicht ganz ungefährlich, aber das war es wert. Ich war den Rest des Nachmittags so geil, dass ich auf dem Nachhauseweg die nächstbeste Nutte gefickt habe. Ich krieg jetzt noch einen Ständer, wenn ich daran denke. Natürlich geht mir die Kleine seither aus dem Weg und leider auch nicht mehr aus dem Kopf. Alleine treffe ich sie auch nicht mehr an. Als hätte sie Angst vor mir. Kleines Luder. Insgeheim will sie mich sicher auch. Eine weitere Beziehung aber muss ich mir nicht aufhalsen. Für eine Weile habe ich die Nase voll von Frauen, die mich nur ausnutzen wollen.

Ich freu mich.

Dies ist mein Wochenende.

Mein einziger Lichtblick momentan.

Zur Grundschule ist es nicht weit. Ich bin etwas zu früh da und reihe mich brav in die Autoschlange der bereits wartenden Eltern, aber hinter mir schließen bereits weiter Wagen auf. Was für Streber.

Ein junger Mann mit Klemmbrett kommt auf mich zu, lässt sich den Führerschein zeigen und hakt mich auf seiner Liste ab.

"Da habe ich Sie auch schon, Mr Harding. Abby und Michael sollten in zehn Minuten fertig sein. Ich wünsche Ihnen ein schönes Wochenende." Er gibt per Walkie-Talkie die entsprechende Info weiter an seinen

Kollegen im Gebäude und schlurft weiter zum nächsten Auto.

Diese Vorsichtsmaßnahmen sind mir eigentlich ganz recht, auch wenn ich Schlangen hasse. Alles hat seine Ordnung. Wenn einer nicht auf der Liste ist, bekommt er auch kein Kind ausgehändigt. Mit Abschluss der 5. Klasse jedoch verlangt das Schulsystem keinen individuellen Transport mehr. Dann werden die beiden den Bus nehmen können.

Durch die Scheidung werde ich sie allerdings weiterhin abholen müssen, denn der Bus fährt grundsätzlich nur eine Adresse an. Klar, ist ja kein Taxiservice.

Seufzend lasse ich den Wagen weiterrollen. Die Schlange hinter mir reicht inzwischen bis auf die Straße vor dem Schulgelände. Bin ich froh, dass ich früh los bin. Ich hasse Schlangen.

"Daddy!"

Das Lächeln der beiden bringt mich zum Grinsen. Mikey und Abby klettern nacheinandern auf die Rückbank und ich warte geduldig, bis beide angeschnallt sind. Es dauert etwas, weil beide sofort drauf losplappern. Sie haben viel erlebt und können es gar nicht erwarten, mir alles zu erzählen.

Ich erbitte mir lachend Gehör.

"Langsam langsam. Jetzt setzt euch erst mal richtig hin und lasst mich losfahren. Was haltet ihr von Pizza und Eiscreme zum Mittagessen?"

Es folgt Gejohle und ein weiterer Redeschwall in Stereo, dessen Thema sich nun allerdings um Eissorten dreht. Ich rolle vom Bordstein weg und beschleunige Richtung Interstate, sobald ich das Schulgelände verlassen habe. Trotz der chaotischen Vortragsweise, die den meisten 9-Jährigen eigen ist, ist es eine Wohltat, den beiden zuzuhören. Bei manchen Dingen muss ich etwas nachhaken, weil Mikey gerne von einem Tag zum anderen springt, ohne den Zeitenwechsel zu berücksichtigen. Dann kommt es schon mal vor, dass ein dramatisches Erlebnis vom letzten Wochenende sich so anhört, als wäre es eben erst geschehen.

Abby ist meine kleine Prinzessin. Ich genieße jeden Augenblick ihrer Existenz, weil ich genau weiß, dass sie in wenigen Jahren zu einem rebellischen Teenager mutieren könnte, der versucht, sich von Mom und Dad abzunabeln.

Im Gegensatz zu Elisabeth habe ich ein Lieblingskind. Natürlich ist Mikey mein bester Kumpel, aber mit Abby verbindet mich etwas ganz Besonderes. Etwas, dass ich mit Worten nicht beschreiben kann. Bei ihr kommt mein Beschützerinstinkt zum Vorschein, wie bei keinem anderen Menschen. Es gibt nichts, das ich für sie nicht tun würde.

Ich finde einen guten Platz im Parkhaus der Mall. Es ist noch früh und wie leergefegt. Üblicherweise parke ich draußen, aber es soll später gewittern und mit zwei Kindern durch den strömenden Regen zu rennen ist nicht unbedingt spaßig. Wenigstens nicht für mich. Haben Sie schon mal versucht, zwei Kinder gleichzeitig davon abzuhalten, in jede Pfütze zu springen?

Die beiden laufen brav neben mir her, obwohl sie es sicherlich kaum erwarten können, in den Foodcourt zu stürmen.

Ich habe gleich am richtigen Eingang geparkt, also haben wir es nicht weit. Wir gehen direkt zur Pizzatheke und wählen jeweils zwei Stücke aus dem Angebot hinter der Glastheke. Wenn Sie nicht glauben, dass ein 9-jähriges Kind zwei Stück Pizza verschlingen kann, dann kennen Sie meine beiden nicht. Ich weiß nicht, wo sie es hinstecken, aber selbst ich bin nach zwei Stücken pappsatt.

Wir suchen uns einen Tisch direkt in der Mitte und ich teile die Pappteller und Getränke aus. Die ganze Zeit über beobachte ich meine Kinder. Ich versuche herauszufinden, wie sie mit der ganzen Trennungskiste zurechtkommen, aber bisher ist mir nichts Außergewöhnliches aufgefallen. Ich erinnere mich daran, dass es viele Tränen gab, als ich damals gepackt habe. An dem Tag, an dem Elisabeth mich rausgeworfen hat. Allerdings haben wir nie vor Abby und Mikey gestritten. Wenn wir nichts anderes auf die Reihe gekriegt haben, dann wenigstens das: Unsere Kinder werden keinen Therapeuten brauchen, wenn sie älter sind.

Plötzlich schaut Abby mich an und schluckt ihren letzten Bissen herunter.

"Daddy?"

"Ja mein Engel?"

"Wann kommst du wieder nach Hause?"

Shit. Da ist es.

"Abby, Darling, auch wenn ich nicht mehr zuhause wohne, liebe ich euch mehr als alles andere. Wir werden uns auch weiterhin regelmäßig sehen. Wir haben es euch doch erklärt, manchmal vertragen sich Erwachsene nicht und müssen getrennte Wege gehen ... an unserer Liebe für euch wird sich dadurch aber nie etwas ändern."

Mikey meldete sich zu Wort.

"Es ist aber alles anders. Ich kann nach der Schule nicht mehr mit dir Baseball spielen, weil du nicht mehr zuhause wohnst ..."

"Ja, und Mommy ist auf einmal sehr streng und schimpft andauernd mit uns. Kannst du nicht wenigstens für kurz wieder nach Hause kommen?" Abbys Augen füllten sich mit Tränen.

Für ein paar Sekunden stellte ich mir Elisabeths Gesicht vor, falls ich das wirklich versuchen würde. Frei nach dem Motto, *Schatz, unsere Tochter wünscht sich ihren Vater zurück. Ich ziehe wieder ein.* Ihr Kopf würde explodieren. Trotz des unterhaltsamen Kopfkinos blieb ich ernst.

"Ich kann die Situation nicht ändern, aber ich kann euch versprechen, dass es mit der Zeit leichter wird. Wenn wir zusammen sind, werden wir immer tolle Sachen unternehmen. Wir holen alles auf, das wir unter der Woche nicht machen konnten." Ich erhob mich und kam um den Tisch herum, wo ich mich zwischen die beiden kniete. "Ich vermisse euch auch schrecklich, jeden einzelnen Tag. Vergesst nie, dass ich euch über alles liebe, ja?"

Abby schlang ihre dünnen Arme um meinen Hals und Mikey schniefte in meine Schulter hinein. Die Umarmung dauerte sicher fast eine Minute, aber als die beiden sich wieder lösten, ging für mich die Welt unter.

"Ist gut, Daddy, wir werden tapfer sein."

Ich sah ihn an. Mikey, mein kleiner Held. Für sein Alter war er schon so erwachsen.

"Ich bin so unheimlich stolz auf euch beide. Mikey, pass immer gut auf deine Schwester auf, ja? Das ist eine wichtige Aufgabe, vergiss das nicht. Jetzt bist du der Mann im Haus."

Ich kann Floskeln eigentlich nicht ausstehen, aber ich konnte in dem Augenblick nicht anders. Es waren zwar meine Worte, aber es war, als ob eine höhere Macht durch mich zu meinen Kindern sprach. Warum aber klang es wie ein Abschied?

Ich richtete mich auf und versuchte, das Gefühl abzuschütteln. Im gleichen Augenblick hörte ich die ohrenbetäubenden Schüsse.

"Schnell! Macht den Fernseher lauter. Da ist was in der Mall passiert!" Chloé starrte wie gebannt auf den Apparat in der Gemeinschaftsküche und wartete ungeduldig, bis ihr Kollege mit der Fernbedienung den Ton angepasst hatte.

Die im Büro verbliebene Gruppe hatte noch ein spätes Meeting gehabt und ließ den Arbeitstag mit einer letzten Tasse Kaffee zu Ende gehen.

Auf dem Bildschirm war eine Reporterin zu sehen, die auf dem Parkplatz vor der Mall stand, Mikro in der Hand, eingerahmt von einem fortlaufenden grell-roten Ticker der Nachrichtenstation.

SCHIEßEREI IN DER FRANKLIN MALL – TRAGÖDIE IM FOOD COURT – SCHÜTZE IST NEUTRALISIERT – 7 TOTE – FRANKLIN MALL TRAGÖDIE

"...ist bereits unter Kontrolle. Die Polizei nimmt an, dass der Schütze allein gehandelt hat. Seine Identität wurde noch nicht bekannt gegeben, aber man hat das

Areal großflächig abgesperrt, um eventuelle Mittäter auszuschließen.

Wir werden Ihnen gleich Augenzeugen Videos zeigen. Bitte seien Sie gewarnt, diese können für Kinder und Jugendliche zutiefst verstörend sein."

Die daraufhin eingespielten Videos zeigten allesamt verwackelte Aufnahmen vom Bereich des Foodcourt. Menschen, die sich notdürftig hinter Säulen und unter Tischen versteckten, mit einer Kulisse panischer Schreie und rennender Menschen.

Der Schütze war zu sehen, wie er mit einem Gewehr auf die fliehende Menschenmenge schoss. Dank der aktuellen Handytechnik waren die Aufnahmen gestochen scharf, sodass auch die zitternden Hände, die die Telefone auf die Szene richteten, den Bildern den grausamen Gehalt nicht nehmen konnten.

Die gesamte Aufzeichnung wurde im Hintergrund von der entsetzten Reporterin kommentiert, deren bebende Stimme darauf schließen ließ, dass sie nicht fassen konnte, was sich vor ihren Augen abspielte. Scheinbar sah sie die Szenen, wie auch die Zuschauer, zum ersten Mal.

"...tatsächlich hat ein Mann versucht, den Todesschützen aufzuhalten. ... Verzeihen Sie, --- die Szene ist einfach so furchtbar. Die Polizei war an dieser Stelle des Videos noch nicht vor Ort, aber Sie können sehen, wie dieser Familienvater seine Kinder hinter dem

Tisch verschanzt und auf den Mann mit der Waffe zustürzt ..."

Der Mann, den die Reporterin meinte, war mittleren Alters. Er rannte direkt an einer der Handykameras vorbei, die der Ursprung des ausgestrahlten Videos war. Man konnte sein Gesicht deutlich sehen, auch wenn nur für wenige Sekunden.

Chloé ließ vor Schreck ihre Tasse fallen. Die Tasse zerbarst mit einem Knall auf dem Küchenboden und der Kaffee ergoss sich auf ihre Schuhe. Sie sah nicht einmal hinunter.

"Das ... das ist Kieran Harding!"

"Was?"

"Oh nein, du hast recht!"

Plötzlich sprachen alle durcheinander, aber nur einen Moment lang, denn die Szene auf dem Bildschirm bannte alle Anwesenden.

"...Sie können sehen, wie die Kugel ihn trifft, er aber weiter auf den Schützen zurennt und ihn packt. Woher er diese Kraft und Entschlossenheit nimmt ... meine Damen und Herren ..."

Die Reporterin schluchzte auf. Das Video zeigte, wie Kieran Harding mit dem Todesschützen über die Balustrade rollte und außer Sicht stürzte. Der Foodcourt befand sich auf der zweiten Etage.

"...meine Damen und Herren, dieser Mann hat heute unzählige Menschenleben gerettet. Sicherlich mit dem

Mut und der Entschlossenheit eines Vaters, der seine Kinder beschützt, aber dadurch für die Überlebenden nicht weniger ein Held. ... Bitte beten Sie für die Familie dieses Mannes. In dieser tiefen Trauer werden sie sicherlich auch stolz sein ... was für ein Schicksalsschlag, was für ein Opfer für seine Kinder ..."

Die Berichterstattung ging dazu über, Szenen mit Polizei und Überlebenden zu zeigen, aber in der Firmenküche war es mucksmäuschenstill.

Sie sahen sich gegenseitig schockiert an.

Chloé liefen Tränen über die Wangen.

Dog Thoughts

Ein Hundeleben

für Alice

Hi.

Oder soll ich sagen, WOOF? Menschen verstehen mich meist ohnehin nicht. Allgemein gesprochen, meine ich.

Menschensprache und Hundekommunikation funktioniert nur, wenn sich die Zweibeiner Mühe geben. Das Prinzip gilt jedoch auch für meine Artgenossen. Hund braucht kaum mehr, als darum zu bitten, nach draußen gehen zu dürfen oder etwas zum Fressen zu bekommen, daher sind die meisten von uns eher faul, was Sprache angeht. Ich selbst halte viel von Telepathie, aber dazu später mehr.

Ich erinnere mich nur sehr schemenhaft an meine vergangenen Leben. Je älter ich werde, desto mehr verblassen meine Erinnerungen, aber ich weiß noch ganz genau, dass ich eine ganz bestimmte Aufgabe erhalten habe, bevor ich herkam.

Es war eine ältere Seele, die mich hergeschickt hat, gerade zurückgekehrt von einem Erlebnis als Chihuahua. 12 Jahre hatte sie bei ihrem Menschen gelebt und viele Erfahrungen gesammelt. Mir wurde aufgetragen, zum richtigen Zeitpunkt an Ort und Stelle zu sein, damit dieser spezielle Mensch mich finden konnte. Klingt im Grunde leicht, ist es aber nicht. Leider kann ich das nicht wirklich erklären, ich bin ja nur ein Hund, aber zusammenfassend lässt sich sagen, dass ich viel Hilfe hatte. Das Universum und so. Und mein Leben ist echt schön. Auch wenn es etwas holprig angefangen hat.

Als Welpe hatte ich viel Spaß.

Meine Mutter erklärte mir, dass wir alle bald ein neues Zuhause bekommen würden, und ich war sehr aufgeregt. Mein Bruder und ich tollten viel im Garten herum und waren recht temperamentvoll, daher blieben wir als Einzige übrig. Keiner wollte einen Wildfang, geschweige denn zwei. Der Rest meiner Geschwister ging weg wie warme Würstchen. Nicht wirklich schlimm, denn dadurch hatten wir viel Zeit zu spielen. Nur wir beide, im Garten, im angrenzenden Bach, ob's sonnig war oder Regen fiel.

Der Mensch, der unsere Mutter bei sich wohnen ließ, hatte danach nicht so viel Zeit für uns, also haben wir gespielt, bis wir müde waren. Irgendwann fühlte ich mich nicht mehr so gut, viel schlechter als nur müde und ich wollte auch nicht mehr raus. Der Mensch ließ uns in Ruhe. Ich hatte irgendwie den Eindruck, dass sie uns nicht wollte. Sie hatte ja auch meine anderen Geschwister weggegeben, also war dies wohl der Lauf der Dinge. Als ich elf Wochen alt war, war ich immer noch krank. Sie zerrte uns dennoch nacheinander auf eine Plattform und machte Fotos. Für unsere *neuen Menschen* sagte sie. Ich hustete nur und versuchte, aufrecht zu sitzen, auch wenns schwerfiel. Danach habe ich wieder viel geschlafen.

Irgendwann wurde ich aus meinem Korb gehoben, an einen Mann übergeben und war lange in einem rollenden Gefährt eingeschlossen. Hin und wieder durfte ich mich erleichtern, aber es wurde draußen zweimal dunkel, bevor der Mann sagte, dass wir angekommen waren. Er hatte die gesamte Zeit Rauch aus seinem Mund geblasen. Das war besonders schlimm, denn ich konnte kaum atmen. Er lachte mich immer laut aus, weil ich beim Schlafen komisch geschnarcht hatte.

Damals war ich noch sehr jung, zwölf Wochen alt, aber ich weiß noch ganz genau, was das Ankommen für ein Gefühl war.

Ein neuer Mensch nahm mich in den Arm und die letzten Wochen waren im Handumdrehen vergessen. Wo kam diese Liebe her? Warum konnte ich sie fühlen? Ich kannte diesen neuen Menschen doch gar nicht. Aber sie war da. Die Liebe. Die ältere Seele hatte davon gesprochen und dass ich meinen Menschen auf diese Weise erkennen würde.

Mir war warm. Tief drinnen. Ich hustete, aber ich wusste, dass es jetzt besser werden würde. Viel besser. Denn hier war ich richtig. Hier sollte ich sein.

Es dauerte ein paar Wochen, aber mit liebevoller Zuwendung ging es mir bald besser. Ich lernte meine Menschen kennen, meine neue Umgebung und einen anderen Hund. Sie war ein älterer und größerer Hund als ich, und den ersten Tag ignorierte sie mich vollkommen. Ich versuchte immer mal wieder, mich anzunähern, aber sie hatte sich in eine Ecke zurückgezogen und wollte allein sein. Sie erklärte mir, dass sie ihr Leben als einziger Hund bisher sehr genossen hatte und ich hier nichts zu suchen hatte. Ich nickte nur und ließ sie in Ruhe. Ich fühlte, dass ich Respekt haben musste. Vor Älteren hatte man immer Respekt.

Mein neuer Mensch war toll. Sie hatte auch einen Partner, aber ich wusste, wer von beiden meine Aufgabe war. Sie hatte mich von der ersten Sekunde an mit Liebe empfangen und zeigte mir, dass ich mich an ihrer Seite sicher fühlen konnte. Ich folgte ihr überall hin und bemühte mich sehr, alle Regeln des Menschenbaus zu verstehen und zu befolgen. Eine kannte ich bereits von meiner Mutter, nämlich dass ich mein Geschäft im Garten verrichten musste. Es klappte nicht immer, aber mein Mensch war deswegen nie ungehalten. Sie hatte so viel Geduld! Ich liebte sie sofort über alles! Außerdem gab es dreimal pro Tag Essen. So lecker!

Mein Mensch war die Rudelführerin für mich, auch wenn der ältere Hund meinte, *sie* wäre es. Nun, unter uns Hunden hatte sie damit auch Recht und ich sagte nichts dazu, denn ich wollte sie nicht vor den Kopf stoßen. Wie gesagt, Wertschätzung des anderen. Die Hündin bekam ihr Fressen immer zuerst und Leckereien wurden ihr zur Wahl angeboten, bevor ich meine bekam.

Das mit dem Ignorieren allerdings gab sie am zweiten Tag meines Einzugs auf. Sie schnupperte vorsichtig an mir, als ich mich vor ihrem Schlafplatz aufbaute. Ich erklärte ihr respektvoll, dass ich hier war, um eine Aufgabe zu erfüllen. Sie sah mich lange an und nickte. In Ordnung sagte sie, ich akzeptiere dich. Von da an waren wir Kameraden.

Sie hatte Geduld mit mir, obwohl meine Zähne sehr spitz waren. Ich hielt mich an die Kauspielzeuge und wir kamen gut miteinander aus.

Ich war zufrieden. Sehr zufrieden. Die größte Hürde war genommen.

Ich begann die große Hündin in mein Herz zu schließen, besonders als ich irgendwann merkte, dass sie mich sehr liebte. Wenn wir kurzzeitig getrennt waren, begrüßte sie immer mich vor den Menschen und ihre Schnauze hellte sich immer auf, wenn ich in ihrer Nähe war. Sie suchte beim Schlafen die Nähe ihres Menschen und auch meine. Das war besonders lustig, denn sie war ein großer schwerer Hund. Unser Mensch war darüber jedoch glücklich. Sie liebte die Nähe genau wie wir.

Es ist viel leichter, mit anderen Hunden zu reden, als mit Menschen. Ich denke etwas, der andere Hund denkt etwas, wir hören uns gegenseitig. Wir sehen die Körperstellung des anderen und wissen, ob der andere gut drauf ist oder nicht. Die Kommunikation ist mühelos.

Mein Mensch macht viel über Instinkt, aber sie berührt mich auch viel. Viel Körperkontakt, das tut sehr gut. Ich glaube, sie findet es lustig, wenn ich dann wohlig grunze, denn das kannte sie noch nicht. Es ist aber mein Weg, mich auszudrücken. Es gibt auch weniger angenehme Grunzlaute, aber die Nuancen wird sie mit der Zeit schon noch verstehen.

Die Zeit vergeht schnell. Ich genieße die Veränderungen, denn mit der Zeit kann ich besser rennen und bin viel schneller als die große Hündin. Wir haben spaßige Wettkämpfe, die nur wir verstehen. Ihr Lieblingsspiel ist es, vor unseren Menschen zu stehen und so zu tun, als würde sie sie bewachen. Sie erklärte mir, dass es in ihrer Natur liegt, ihre Rasse hütet eigentlich andere Tiere. Ich muss bei diesem Spiel versuchen, mit dem Ball an ihr vorbeizukommen, damit unser Mensch ihn wieder werfen kann. Ich finde ihre Hüteraufgabe toll, denn das könnte ich den ganzen Tag machen!

Oft merke ich, dass mein Mensch sich sehr eindringlich mit der Hündin beschäftigt. In ihren Gedanken lese ich eine wiederkehrende Sorge, die ich nicht ganz verstehe. Die Hündin ist groß und stark, ich weiß nicht, warum mein Mensch Angst um sie hat. Warum ist da die Angst, sie zu verlieren? Sie passt doch so gut auf uns auf, wir fühlen uns beide sehr sicher und geliebt.

Irgendwann traue ich mich, die Hündin danach zu fragen. Sie nimmt mich im Garten an einer ruhigen Stelle zur Seite und erzählt mir von der Zeit, als sie ein Welpe war. Sie musste immer um ihr Fressen kämpfen, denn es waren zu viele andere Hunde da. Aus dem Grund ist sie bei den Mahlzeiten immer ungeduldig und manchmal auch grantig. Ich muss mir aber keine Sorgen machen, sagt sie, denn ich lasse sie ja immer zuerst fressen. Aber für unseren Menschen ist das schwierig, erzählt sie, denn aggressive Hunde sind keine angenehmen Zimmergenossen. Kann sie denn aus ihrer Haut, frage ich. Nicht wirklich, erwidert die Hündin, aber es würde helfen, wenn sie an einer anderen Stelle schlafen könnte, näher bei mir. Unser Mensch hatte unsere Tag-Schlafplätze an entgegengesetzten Orten im Zimmer platziert. Sprich einfach mit ihr, schlage ich vor und gesagt, getan. Wir schicken unserem Menschen den Gedanken, und kurze Zeit später dürfen wir nebeneinander ruhen. Sogar das ganze Zimmer wird umgeräumt. Es fühlt sich gut an. Für alle. Ab da ist die Stimmung auch viel friedvoller. Ich nahm an, dass die Sorge meines Menschen damit erledigt ist.

Das Leben geht weiter. Ich darf sogar auf Reisen mit. Mein Mensch weiß, dass der Hündin im Auto der Bauch schmerzt und lässt sie daher bei ihrem Partner. Ich finde das Auto nicht wirklich toll, sicherlich wegen meiner ersten Erfahrung mit dem rauchigen Mann, aber wenigstens behalte ich mein Fressen unten. Ich schau auch nicht gerne aus dem Fenster, weil sich alles so schnell bewegt. Dösen ist als Alternative toll. Besonders in den vielen neuen Betten, die ich erschnüffeln darf. Mein Mensch lässt mich in einem Meer von Kissen schlafen. Überhaupt sind überall so viele neue Dinge, die ich noch nie gesehen oder erlebt habe.

Ich habe der Hündin nach jeder Reise viel zu erzählen. Wir freuen uns immer riesig, wenn wir uns wiedersehen. Wir lieben uns so sehr! Es ist eine

Wohltat, neben meinem Menschen eine so tolle Freundin zu haben.

Ich verstehe auch, warum wir so sehr geliebt werden. Liebe multipliziert sich. Es ist eine universelle Regel. Liebe ist stärker als alles andere.

Ich hatte Unrecht. Mein Mensch macht sich immer noch Sorgen.

Oft.

Und das macht *mir* Sorgen. Ich möchte doch, dass sie glücklich ist. Ich höre immer öfter in ihre Gedanken hinein, wenn sie ihre Aufmerksamkeit auf mich richtet. Es ist schwierig, durch die Traurigkeit hindurch zu hören, aber es geht, wenn ich mich konzentriere. Sie denkt immer an die Hündin. Wenn sie mit ihr schmust, dann ist mein Mensch traurig.

Sag mal, frage ich sie, du bist doch gesund und alles ist friedlich, warum weint unser Mensch so oft? Die Hündin schaut mich eindringlich an und schickt mir gedanklich die entsprechenden Bilder. Unser Mensch ist sehr intuitiv, sagt die Hündin, sie fühlt, dass ich nicht lange bleiben werde.

Was meinst du mit *nicht lange bleiben*, frage ich die Hündin überrascht. Nun, erwidert sie, meine Aufgabe hier ist eine andere als deine. Mein Auftrag ist Frieden und Innigkeit. Für mich, für die beiden Menschen. Manche Dinge können die beiden nur lernen, wenn ich gehe. Sei nicht traurig, kleiner Freund, ich werde nie aufhören, dich zu lieben. Und noch bin ich ja hier. Lass uns einfach die Zeit genießen, die uns bleibt.

Ich bin der Hündin für die Aussprache wirklich dankbar, denn nun weiß ich, warum mein Mensch immer noch sorgenerfüllt ist. Es ist die Angst vor dem, was sie den Tod nennen. Der Tod von denen, die man liebt und sehr wahrscheinlich auch der eigene.

Ich sehe die ganze Thematik allerdings von einer anderen Warte aus. Ich weiß, was uns nach dem sogenannten Ende erwartet. Es ist alles verbunden. Es ist kein wirkliches Ende, sondern eine Weiterentwicklung. Wir gehen zurück in die ewige Liebe und können uns neue Abenteuer, andere Körper, andere Erfahrungen aussuchen. Es ist ein ewiger Prozess.

Ewig wie die Liebe.

Daher fühlen wir auch keine Angst davor. Tief drinnen erinnern wir uns an diese grenzenlose Liebe. Sie ist unbeschreiblich schön. Einen Teil davon erleben wir immer wieder in jedem unserer Leben.

Mein Mensch gibt mir so viel davon! Ich bin erfüllt mit Dankbarkeit und werde versuchen, dieses Gefühl mit ihr zu teilen.

Die Hündin hatte noch eine ganz lange Zeit, bevor sie gehen musste. Unseren beiden Menschen war es dennoch zu wenig. Sie sagten, dass eineinhalb Jahre nicht genug waren, und sie weinten sehr viel, aber ich tat mein Bestes, ihnen zur Seite zu stehen.

Als sie sich dann verabschieden musste, gab ich ihr einen Kuss. Sie sagte, dass sie uns mehr liebte, als ihr eigenes Leben auf Erden und uns sehr vermissen würde. Irgendwann, wenn unser Mensch bereit war, würde sie zurückkehren und ihr eine längere Zeit schenken. Wann das sein würde, konnte sie mir nicht sagen.

Sie ging. Ohne Schmerzen und mit leckerem Lammfleisch in ihrem Bauch. Mein Mensch machte den Abschied für sie wirklich schön.

Ich roch an ihr, aber ihre Seele war bereits auf dem Weg in die Liebe. Es war in Ordnung, aber das Gefühl, ohne sie zu verbleiben, war etwas merkwürdig. Das musste das Vermissen sein.

In der Zeit danach dachte ich viel nach. Ich schaute oft aus dem Fenster und erinnerte mich an die vielen schönen Spaziergänge, auf denen wir uns über Nachbarshunde unterhalten hatten. Es gab immer so viel zu entdecken.

Jetzt gingen wir nur zu zweit los, anstatt zu dritt. Mein Hauptaugenmerk galt jedoch immer meinem

Menschen, damals wie jetzt. Unsere Beziehung ist nach wie vor sehr gut, wenn nicht sogar inniger. Ich schicke ihr immer wieder Gedanken der Ruhe, und dass sie sich wegen mir keine Sorgen machen muss. Meine Aufgabe ist andauernd. Ich werde ihr beistehen, bis ich alt und grau bin. So wie es mir die Seele gezeigt hat, die mich geschickt hat. Ich bin stark. Stark genug für uns beide.

Sie lacht jetzt viel mehr. Und wenn sie weint, küsse ich ihr die Tränen aus den Augen. Sie liebt mich und ich liebe sie.

Ich glaube, gehört zu haben, dass ein neuer Welpe einziehen wird. Scheinbar glauben meine Menschen, dass ich mich etwas einsam fühle. Nun, sie haben nicht ganz Unrecht, denn es ist ein ganz anderes Spielen, wenn man vier Beine zur Verfügung hat. Und das Sprechdenken ist auch leichter. Obwohl, das kann mein Mensch täglich besser.

Mal sehen, was passiert. Ich jedenfalls bin gespannt.